ふたりの道

小間もの丸藤看板姉妹㊄

宮本紀子

時代小説文庫

角川春樹事務所

目次

小間もの丸藤看板姉妹

主な登場人物

里久《りく》　小間物商の大店「丸藤」の総領娘。幼いころ病弱で、養生のため叔母に預けられ品川の漁師町で育つ。昨年、十七歳で日本橋の生家に戻った。

桃　里久の妹、十六歳。小間物や化粧に詳しい。伊勢町小町と呼ばれる美しさ。

藤兵衛・須万《すま》　里久と桃の父母。藤兵衛は「丸藤」のあるじ。

吉蔵《きちぞう》　手代。番頭や手代頭の惣介、小僧の長吉らと共に店を支える。

彦作　鏡磨きの職人。里久との出会いで「丸藤」に居場所を与えられた。

民　奥向きの女中。姉妹を優しく見守っている。

清七　「丸藤」出入りの飾り職人。腕がいい。

耕之助　里久と桃の幼なじみ。米問屋「大和屋」のあるじ重右衛門を父に持つ。

ふたりの道

小間もの丸藤　看板姉妹　五

第一章　別れ

六月も半ば。晩夏といわれるころになったが、江戸はまだまだ暑かった。日本橋伊勢町《にほんばしいせちょう》にある大店《おおだな》、小間物商「丸藤《まるふじ》」の通りも、きつい陽射《ひざ》しが照りつけていた。

この暑さのせいで、ここのところ日中は人通りもまばらだ。いつもなら客でにぎわう丸藤も、いまは閑散《かんさん》としていた。この間にと番頭はあるじ部屋へ商いの相談に行き、小僧の長吉《ちょうきち》と鏡磨きの彦作《ひこさく》は、女中の民《たみ》と台所で梅仕事に精を出している。いま店内にいるのは総領娘《そうりょう》の里久《りく》、ただひとりであった。

里久は昼から屋敷廻《まわ》りに出かける手代頭《てだいがしら》の荷づくりを手伝っていた。

「紅猪口《べにちょく》に白粉《おしろい》、それに洗い粉《あらこ》に」

丸藤の自慢の品々を荷箱に詰めてゆく。藍《あい》の地に白い朝顔が咲く薄物《うすもの》を着ているが、風がそよとも吹かぬ店座敷はむっとして、額に汗がにじむ。

「そうそう、これもだったね」

里久は手のひらに小壺《こつぼ》をのせた。蓋《ふた》は糊付《のりづ》けした紙で封がされ、うえから紫の平紐《ひらひも》が結ばれている。中には練香《ねりこう》が入っていた。

練香は香木《こうぼく》などさまざまな薫物《たきもの》を粉にし、蜜や梅肉、炭などと練り合わせ、丸薬《がんやく》のように形つくって熟成させたものだ。これは直《じか》に火をつけるのではなく、香炉《こうろ》の埋炭《いけずみ》のうえに置き、灰から伝わる熱で香りを立ちのぼらせる。

夏はどうしても着物に汗の匂《にお》いが移る。そのため香を薫《た》きしめ、染みついた匂いを消す。身だしなみのひとつというわけだ。それに、よい香りは暑さに疲れた身をふっと軽くもしてくれる。だからこの時季はお香がよく出た。

里久もなにか着物に薫きしめたいのだが、どんな香りにするのか決めかねていた。母の須万《すま》は夏にかぎらず、常日頃から白檀《びゃくだん》の香りを身に纏《まと》っている。できれば里久も母のように自分の香りを見つけたい。

里久は手にしている小壺に鼻を近づけた。仄《ほの》かに香りがする。母の香りはほんのり甘いように感じるが、こちらはそれよりすっきりとしている。

「ええっと、この香りは……紐が紫色だから」

なんだっけ。お香の種類はたくさんある。丸藤では紐の色で見分けているのだが、里久は香りも、色分けも、まだうろ覚えだ。

首をひねっていたら、くくっと忍び笑いが聞こえてきた。早めの昼餉《ひるげ》を終えた手代頭の惣介《そうすけ》が、内暖簾《うちのれん》からこちらをのぞいていた。鼻筋のとおった細面《ほそおもて》の顔がよく陽にやけている。

「伽羅《きゃら》でございますよ」

と言って惣介は店に入ってきた。

「そうそう、これは伽羅の香りだった」

里久はふたたび壺に鼻を近づける。

「これでいいかい」

荷づくりを惣介に見せた。お香の小壺も忘れない。

「はい、ようございます。あとはご注文いただいたお品だけですね」

惣介は出来上がってきた櫛《くし》や簪《かんざし》の桐箱《きりばこ》を入れた。荷箱は重ねると三段になった。

「なかなかの嵩《かさ》だ。それに重そうだね。助《す》けるよ」

惣介が風呂敷《ふろしき》に包んだ荷箱を背負うのを、里久はうしろにまわって、よいしょっ、と手伝った。その拍子に惣介の髪からふわりと鬢付《びんつ》け油の香りがした。女客相手が多い商いだ。見苦しくない身なりを整えるのも、手代頭の大事な務めだ。

「ありがとうございます。さて、行くとしますか」

惣介は勢いをつけて、よっと立ち上がった。

「表まで送るよ」

店内から外に出ると強い陽射しが里久の目を射た。通りは白く乾ききっている。

「じりじりと焼ける音が聞こえてきそうだ」

「長吉に水を撒《ま》くよう言いつけておきました」

まだ梅干しにもなっていないのに、すっぱそうに口をすぼめ、塩漬けの梅を笊《ざる》にならべていたと惣介は笑う。あはは、と里久もつられて笑ったが、それにしても暑かった。東の空に入道雲が湧いている。

冷やっこい、冷やっこい。店の前を水売りがとおった。

「ちょうどよかった。喉《のど》を湿らせてから出かけておいきよ」

里久が水売りを呼びとめようとしたときだ。

「あれ、あそこに吉蔵《きちぞう》がいるよ」

道向かいの線香問屋の暖簾の陰に、手代の吉蔵が立っているのに里久は気づいた。さっきから姿が見えずどこへ行ったと思っていたが、あんなところにいた。

「誰だろう」

吉蔵はひとりではなかった。すぐ傍《かたわ》らに男がいた。里久の知らない男だ。風体《ふうてい》で商人とわかる。吉蔵より三つ四つ年かさか。男は吉蔵にしきりに話しかけていた。拝むようなしぐさまでする。なにか頼み事をしているようだ。

吉蔵のほうはというと、うつむいていた。丸顔で笑うと目も細くなり、客から愛嬌《あいきょう》があって親しみやすいと言われている吉蔵であったが、いまは思いつめた表情をしていた。

「なんだろうね」

「ええ」

惣介も訝《いぶか》しげに見ている。

里久たちの視線を感じとったのか、吉蔵がふいにこっちをむいた。

吉蔵はすぐさま男から離れ、大股で通りをこちらへ渡ってきた。

「道をきかれまして。それが何度教えてもさっぱりで」

吉蔵はたずねもしないのに早口でしゃべり、「いや、参りましたよ」と頭を掻《か》いた。その割には、さっきの男はこの町に慣れた様子ですたすた遠ざかってゆく。

「吉蔵、おまえ」

惣介が言いかけるのへ、「これからお屋敷廻りでございますか」と吉蔵は言葉をかぶせた。

「なら早く行きませんと。お客さまが首を長くしてお待ちでございますよ」

足許《あしもと》に大きな影があらわれたと思ったら、店先にお客が立った。

「おやまあ、みなさんおそろいで。なにかありまして」

日傘をすぼめた女は、本町《ほんちょう》にある油問屋の内儀《ないぎ》であった。

「おいでなさいまし」

いち早く吉蔵が出迎えた。

「ご新造《しんぞう》さまがお見えになられるんじゃないかと、みなでこうしてお待ちしていたところでございます」

吉蔵は追従《ついしょう》を言って、お暑いところをようお越しくださいましたと暖簾を割った。

「あらまあ、お上手だこと」

内儀は、おほほほと上機嫌だ。供の小女《こおんな》にどこかで休んでおいでと小銭を渡し、吉蔵と店の中へ消えた。民の手伝いがすんだのだろう、長吉の「おいでなさいませえ」と迎える声がする。吉蔵が麦湯を早くお出ししろと告げている。

惣介が荷を揺すりあげた。通りを流していた水売りは、とっくにいない。

「惣介、暑いからね。休み休み行っておくれよ」

「へい、そいじゃあ行ってまいります」

惣介は長暖簾の内をちらとのぞいた目を通りへ戻し、きつい陽射しの中を歩きだした。

油問屋の内儀は、なかなか引かない汗を手巾《しゅきん》でふきふき、井戸で冷やした麦湯を大ぶりの茶碗《ちゃわん》で二杯空にした。里久が団扇《うちわ》でしばらく煽《あお》ぐと、ようようひと息ついたようだ。この暑いさなかに丸藤を訪れた訳を話した。

「川遊びに誘われていまして」

納涼船《のうりょうせん》で夜の大川《おおかわ》へ繰り出すのだという。

大川での納涼は、花火があがる川開きの五月末から八月末まで許される。その間は、数多くの猪牙舟《ちょきぶね》や屋根舟が川に浮かぶ。日が落ち、暗くなってからの大川は、船に灯《とも》された提灯《ちょうちん》の灯《あか》りがあちこちに瞬《またた》き、灯りは水面《みなも》にも映り、それは美しいものだった。その風情《ふぜい》を楽しもうと夕涼みの者たちが河岸《かし》や橋をそぞろ歩きし、またその者たちを当てこんで屋台が出たりと、夏の川端は夜遅くまでにぎわう。

油問屋の内儀が誘われたのは屋形船での納涼で、かなり豪勢なものだった。

「そうなのよ。ご一緒するのは寄り合いのお仲間たちで」

内儀同士の付き合いで、船に乗るのは明日だという。

「ずいぶん前から出かける仕度はしていたの。でもね、改めて今朝、この着物に櫛にって眺めてみたら代わり映えしなくって。ほら、だいたいがいつも同じ顔ぶれでしょう。挿《さ》そうと決めていた櫛にしたって、そういえばあのときも挿した、このときもって。そう思いだしたらもうだめ。なんだか気が滅入《めい》っちゃって」

内儀は、お仲間といっても気の張る方々ばかりだからとため息をつく。

「せめて櫛をかえようと思って。ここならよいものが見つくろえるんじゃないかと来てみたのよ。明日の今日で今さらなんだけど」

もう出かける前からぐったりよとふさぐ内儀に、里久は母の須万を思い出した。

須万もお内儀仲間と出かける際は、何日も前から身仕度に大わらわだ。そのたびに桃《もも》がよい相談相手になっている。いつだったか「やれ、やっと決まった」と内所《ないしょ》にやってきた須万は、そこに里久がいるのを見て、女の見栄もたいがいだよと美しい青眉《あおまゆ》をさげた。年を重ねるほど、相手に一目おかれたい、より綺麗《きれい》でありたいと思う気持ちが強くなるんだろうねえ、と苦笑していた。

――それにねえ、身拵《みごしら》えがうまくゆけば、その日はなにもかもうまくいく。誰が相手だろうと一日胸を張っていられるんだよ。

そんなことも言って、里久が淹《い》れた茶を「ちょいと渋いねえ」とすすっていた。

油問屋の内儀もきっとそうなのだろう。里久は目の前にいる女の胸のうちを思った。だからつい、

「でしたらさっそくごらんくださいませ。櫛のお品でしたら、こないだ新しいものが入ってきたばかりでございます」

手代の客と知りながら、吉蔵より先に口が出た。しまったと思ったが、吉蔵は気を悪くしたふうでもなく、「ではお嬢さん、持ってきてくださいますか」と鷹揚《おうよう》に言った。

「少々お待ちくださいませ」

里久はすぐさま帳場格子《ちょうばごうし》のうしろにある、簞笥《たんす》のいちばんうえの引き出しから品をいく

つか取り出すと、漆塗《うるしぬ》りの底の浅い葛籠《つづら》にのせて内儀の許《もと》へ戻った。ごらんくださいましと桐箱を開けていく。

「まあ、どれもよいお品ねえ」

内儀の頬《ほお》がゆるむ。吉蔵は目顔でつづけろと里久をうながした。

「いいのかい」

里久はひそっとささやいた。吉蔵はこくりとうなずく。

よおっし。里久は俄然《がぜん》はりきり、これはという櫛の箱を手にした。

「こちらなどいかがでございましょう。ご新造さまにとてもよくお似合いと思います」

金地の蒔絵《まきえ》の櫛だ。秋草に鈴虫が描かれている。こぼれそうな草の露《つゆ》は、瑠璃紺《るりこん》の小さなビードロ玉があしらわれている。夜船《よふね》の提灯の灯りに艶《あで》やかに映ること間違いなしだ。

「どうぞ挿してごらんくださいませ」

いつのまにか店内に戻ってきていた彦作が、機転を利かせて手鏡をさし出す。里久は受けとって内儀に掲げた。内儀の大ぶりの丸髷《まるまげ》に、櫛はとてもよく映えた。

「とおってもお似合いでございます」

里久はにっこりだ。

しかし鏡に顔を近づけたり遠くしたりして見入っていた内儀の顔は冴《さ》えない。

「そお？　なんだか櫛だけ浮いてない？」

里久は自分も身を引いて内儀を矯《た》めつ眇《すが》めつする。やはりよく似合っていた。でも本人が浮いてないかと言うのなら、そうなのかもしれない。

「では、こちらはいかがでございましょう」

里久は別の櫛をすすめた。こちらは流水に菊づくし紋の蒔絵だ。しかしこれもしっくりこないようだ。さらに別の櫛を挿してみたが、これもまたしかりであった。

「もういいわ。やっぱりすぐによい品が見つかるわけないわね」

内儀は櫛を里久へ返し、手巾を袂《たもと》にしまって帰り仕度をはじめた。

「お邪魔したわね」

「外はまだお暑うございます。もう少し涼んでいってくださいまし」

里久は長吉に振る舞い茶のお代わりを言いつけ、内儀を引きとめた。その一方で横にいる手代に、吉蔵ぉ、と目で縋《すが》った。

吉蔵は、なにやら思案するように内儀のまえへ膝をすすめた。

「ご新造さま、わたしも最初にお挿しになった櫛が、ご新造さまにはいちばんよくお似合いかと存じます。それに店の者が申すのもなんですが、品に間違いはございません。まことによい櫛でございます」

内儀は金蒔絵の櫛をふたたび手にとった。

「そうね、いい櫛だわ」

でもねえ、と目を伏せる。

「当日のお召し物と合いませんか」

だから浮いてお見えになるのではないかと吉蔵は問うた。

里久は、はっとした。自分はそこまで考えが及ばなかった。

「ええ、そのとおりよ。櫛さえ新しく誂《あつら》えればなんとかなると思っていたけど、そんな容《た》易《やす》くはないようね」

内儀は、こんなことなら着物を持参すればよかったと後悔し、いまから取りに戻ってまた来るのも疲れるし、明日は最初に決めていた装いで行くわと言った。

里久はがっかりだ。吉蔵は「ほんに難しゅうございますねえ」と内儀の気持ちを慮《おもんぱか》る。

「ですがご新造さま、おすすめする櫛はお世辞ではなく、ご新造さまに殊のほかよくお似合いでございます。せっかく櫛をおかえになりたくて、こうして丸藤へお越しくださったのですから、どうでございましょう、ここはひとつ、この櫛にお召し物を合わせてみるというのは」

「でも着物まで誂えるとなると間に合わないわ」

内儀は当惑する。

吉蔵は、いえいえ、と手をふった。

「お持ちのお召し物の中からお見立てすればようございます」

「この櫛に合う着物なんてあったかしら」

内儀は頭の中で簞笥から数多《あまた》ある着物を引っ張り出し、ひろげているようだ。しかしこれというものがないようで、思案にくれている。

「たくさんのお召し物の中から選ぶのも難しゅうございますね。では、たとえばでございますが、歌詠みのときのようにお題をお決めになられてはいかがでございましょう」

内儀は手代の提案に耳をかたむける。

「櫛が秋草と鈴虫ですから、お題は素直に『秋』ではどうでございましょう。まだまだ暑いと申しましても、立秋はもうすぐそこでございますから。薄物で秋らしい柄といえば」

「絽《ろ》で萩《はぎ》の柄があるわ」

「よろしゅうございますねえ」

吉蔵はほほ笑んだ。

「それに夏帯をゆったり締めまして」

吉蔵は立ち上がり場を離れると、またすぐ戻ってきた。細い木箱をひとつ手にしている。なにかと思えば扇子《せんす》であった。

「その出で立ちに、このようなお扇子をお持ちになれば、なおよろしいかと」

吉蔵は扇子をひろげた。そこには虫籠《むしかご》の絵がひとつ描かれていた。

「櫛の鈴虫をこの虫籠に捕まえて、美しい音《ね》を楽しむと洒落《しゃれ》てみました。秋の訪れを身に纏《まと》っての、過ぎ行く夏を惜しむ舟遊びでございます」

「まあまあ、結構でございますわね」

内儀の顔がみるまにぱあっと明るくなった。心憎い趣向だと大よろこびだ。

「やはりここに来てようございましたよ」

これで明日はなんの憂《うれ》いもなく楽しめると吉蔵に礼を述べ、内儀は結局、櫛に扇子まで買い求め、満足して帰っていった。

「吉蔵はすごいよ、さすがだよ」

客のいなくなった店座敷で里久は興奮し、この有能な手代に憧れの熱い眼差《まなざ》しをそそいだ。

振る舞い茶を片づけていた長吉が、ほんとうですねえ、と相槌《あいづち》をうつ。里久から鏡を受けとった彦作も、ほんにのう、と感心する。

「なにを騒いでいるんだい」

番頭があるじ部屋から戻ってきて、帳場に座った。

「番頭さん、聞いておくれよ。吉蔵はすごいんだよ」

里久は帳場格子を摑《つか》んで、先ほどの吉蔵の客あしらいを番頭にさっそく語って聞かせた。

「ご新造さまもそりゃあ満足して、品もふたつも買ってくださったんだよ」

「ほう、それはそれは」

番頭はよくやったと手代を褒《ほ》めた。

「ほんとだよ。吉蔵が丸藤にいてくれたら、わたしは安心だ」

吉蔵の櫛を片づけている手がぴたりととまった。櫛からゆっくり顔をあげる。里久にむけた視線は硬い。しかし里久はそれに気づかず、すごいねえ、と無邪気にはしゃいでいた。


「今夜、ちょいと呑《の》みに付き合わないか」

そう手代頭の惣介に吉蔵が誘われたのは、それから数日してのことだった。

昼餉をすませ、店に戻ってきた吉蔵の耳元で惣介はささやいた。昼から風が出てきたようで、丸に藤の屋号を白抜きした紺色の長暖簾が揺れていた。

「どうしたんです。珍しいですね」

吉蔵は怪しげに手代頭を見た。

惣介はあまり酒を嗜《たしな》まない。たまに呑みには行くが、たいていは番頭のお供だ。それに吉蔵もときどき混じるが、惣介とふたりきりというのは、いままで数えるほどしかない。

「行くのか、行かないのか」

焦《じ》れたようにきく手代頭に、

「行きますよ」

吉蔵は返事した。

主人の藤兵衛に許しを得て、番頭も「ほう、珍しいこともあるもんだ。たまには若い者同士もよかろうよ」と快く送り出してくれ、その日、店の大戸をおろしてから、ふたりは夜の町へと繰り出した。

呑みに行く見世は決まっていた。近くの長濱町《ながはまちょう》にある見世だ。魚河岸《うおがし》にも近いから、うまい魚を食わせてくれる。酒も灘《なだ》の下《くだ》り酒《ざけ》だ。小料理屋と居酒見世のちょうど間といったところか。それは値段にもあらわれていて、ちょいとお高い。惣介や吉蔵のような奉公人には少々贅沢《ぜいたく》な見世なのだが、大店は奉公人が外でいざこざに巻き込まれぬよう、細心の注意を払う。丸藤もやはりそうで、酒に酔った者に絡《から》まれたりしないよう、使う見世は自然とお店《たな》の主人や若旦那、そこの番頭など、身元のはっきりした客が多い見世となった。

暖簾をくぐると席はおおかた埋まっていた。二、三人連れの客もいれば、独り客もいる。落ち着いたざわめきが見世を満たしていた。

「おふたりさんですか」

見世の小女が走り寄ってきた。惣介がそうだと答えると、小女はひとつだけ空いていた奥の小上がりへふたりを案内した。

「なんになさいます」

「そうだなあ」

惣介は慣れた様子で酒を二合ばかりと、肴《さかな》も適当に注文した。

まずは酒がきて、ふたりは互いへ銚子《ちょうし》をむけた。

「そいじゃあ、ご苦労さん」と今日の働きを労《ねぎら》いあい、くっとあおった。

「里久お嬢さんから聞いたよ。油問屋のご新造さんによい商いをしたんだってな」

「お嬢さんは話が大げさなんですよ」

吉蔵が鼻を鳴らしているところへ、肴が運ばれてきた。すった生姜《しょうが》がたっぷりのった焼き茄子《なす》に、鯵《あじ》のたで酢だ。夕鯵《ゆうあじ》の細作りの刺身を、緑鮮やかなたで酢で食べる。酸っぱさに、ほろりと苦い味わいは酒とよくあい、このところの暑さで衰えていた食欲も出てきて、箸《はし》がすすんだ。

「ところで、わたしになにかお話があるんじゃありませんか」

吉蔵は惣介に酌をしながら上目づかいにちらと見た。

「ばれてたか」

惣介は盃《さかずき》を手に薄い唇の端をあげた。

「番頭さん抜きで酒に誘われたら、そりゃあ、なにかあると思いますよ」

「そうか。じゃあきくがな」

吉蔵は鯵を口へ運び、惣介からの返杯をうけ、「へい、なんなりと」と返事した。

「おまえ、引き抜きにあっているんじゃないのかい」

惣介にずばりと言われ、吉蔵はぐふっと咽《む》せた。汚れた口許を親指の腹でぬぐった。

「はは、こちらもばれていましたか」

「やっぱりな」

「よくわかりましたね」

どこで知れたのだろうと考えていたのが顔に出たのだろう。

「線香問屋のまえで男と話をしていたろ」

惣介は数日前のことを言った。

道をたずねられたとごまかしたが、芝居が下手《へた》だったようだ。

「なに、わたしも何度か身に覚えがあるからな。それでもしやと思ったんだよ」

うちのお店にきてくれたらここより高い給金を出す。出店を任せる。ゆくゆくは暖簾分けだ。惣介は、そんな甘い繰り言を聞かされたと引き抜きの手管《てくだ》を話した。

「へえ、手代頭さんにそんなことがあったなんて、ちっとも知りませんでしたよ」

手代頭さんのことだ、けんもほろろに断わったんでしょうねえときけば、惣介は「もちろんだ」と間髪いれずに答えた。

「でしょうねえ。なんせ手代頭さんは丸藤ひと筋だ」

惣介は盃を膳《ぜん》に置き、これが肝心とばかりに吉蔵に身を乗り出した。

「で、どこのお店からの引き抜きなんだい」

吉蔵は首をすくめて苦笑した。

「それが、実家の兄からなんですよ」

「兄さんって……どういうことだい」

惣介の形のよい眉が驚きで吊《つ》りあがるのを肴に、吉蔵は手酌で盃を二杯つづけて呑み干してから事情を話した。

吉蔵の実家は本郷《ほんごう》で味噌《みそ》屋《や》を営んでいて、跡は兄が継いでいた。その兄が二年前に株を手に入れ、味噌のほかに醤油《しょうゆ》酢《す》を商いだした。それが少しずつ軌道にのり、繁盛しはじめた。そうなると、兄はこの機を逃すまいと新しい商いに本腰を入れた。

「商人なら当然のことです。味噌屋のほうは古くからの奉公人に任せていたんですがね」

それでは心許《こころもと》なくなってきた。味噌は店にとって商いの柱だ。任せるなら身内の者にと考えるようになった。

「これもまあ、当然といえばそうなんですがね。で、白羽の矢が弟のわたしに立ったというわけでして」

話を聞き終えて、惣介は唸《うな》った。

「このことを旦那さまには」

「もちろん、お話ししてあります」

今年の春先に兄から話を持ちかけられてすぐ、主人の藤兵衛《とうべえ》と番頭に事情は伝えていた。

「そうかい。それでなんと言われた」

「じっくり考えたらいいと。問題は兄のほうでして、わたしが返事を渋っているものだから焦れちまって、丸藤の店先にまで押しかけてくるありさまでして」

腕を引っぱって店から離し、もう少し待ってくれと説き伏せているところを惣介に見られたというわけだ。

「そりゃあ実の兄さんの頼みだ。おまえが悩むのも無理はない」

吉蔵は首を横へふった。

「どうするかは、とっくに決めているんですよ」

だが——。

「……まさかおまえ」

目を合わさず、手の中で空の盃を転がしている吉蔵に、察しのよい手代頭は、手代がどちらに決めたか見てとったようだ。

「いや待ってくれ、そいつは困る」

惣介の吉蔵へ伸ばした手の先が誤って盃を弾《はじ》き、畳に酒がこぼれた。

いつも冷静な男がうろたえているさまに、吉蔵の胸はずきりと痛んだ。またそれほどに信を置いてくれていたのかと、うれしさも込みあげてくる。

「おい、なに笑ってんだ」

惣介は畳をふく小女に謝り、吉蔵に目を三角にした。が、すぐに、

「なあ、おい、考え直してくれ」

と気弱な声を出し、精悍《せいかん》な顔を歪《ゆが》めた。長年寝食を共にし、苦労を分かち合ってきた男に、頼むと請われれば、きっぱり定《き》めたはずの決意が揺らぐ。

「ほら見てくださいよ。鯊《はぜ》の天ぷらってありますよ」

吉蔵は話をまぜっ返すように壁に貼《は》られた品書きを読みあげた。

「天ぷらといえば、里久お嬢さんの粉刺《にきび》を思い出しますねえ」

くくっと笑い、「ちょいと姐《ねえ》さん」と戻っていった小女をまた呼んだ。

惣介は手酌で自棄《やけ》のように酒を呑み、苦そうに顔をしかめている。

吉蔵もまた酒を口にした。吉蔵の舌にも灘の酒は苦かった。

帰り道、天には満月を少し欠いた月が夜の町を皓々《こうこう》と照らしていた。

「きれいですねえ」

「なあ、もういちどよく考えてくれ。それまでこの話は誰にも言わない」

吉蔵は酔って聞こえぬふりをして、月に酒の匂う息をはいた。


立秋を迎えたというのに、相変わらずの暑さであった。

洗い粉を買いに来た客が帰り、昼下がりの店内はまた静かになった。番頭と手代頭は帳面を前に半年分の掛取《かけと》りの話をし、里久と小僧の長吉は、彦作の鏡磨きを手伝っていた。

吉蔵はといえば、この男には珍しく、板の間に座って眩《まぶ》しい通りをぼんやり眺めていた。

手代頭と呑んだ夜、惣介に言えなかったことを考えていた。

吉蔵は兄からの申し出を受け入れると決めていた。

だが――。

このまま丸藤をやめたくはなかった。ここを去っていく者が最後にお店のためにできることはなにか、実家の話を持ちかけられた春先からずっと、そのことで悩み、考えを巡らせていた。

竹やあ、竹やあ。振り売りの声が聞こえた。長暖簾に店前をとおり過ぎる影が映る。

「おやおや、気の早い。もう笹竹《ささたけ》売りが町を流しているよ」

帳面から顔をあげた番頭も、暖簾の影を目で追う。

あと十日もすれば七月で、七月といえば七夕《たなばた》があった。

「桃と七夕飾りをつくるんだ」

鼻の頭に汗を浮かせ、里久が娘らしい笑顔をみせる。網に吹流しでしょう、と楽しげだ。

「酸漿《ほおずき》に、あと大福帳でしょう、瓢箪《ひょうたん》に算盤《そろばん》に、西瓜《すいか》もだよ」

「昔は梶《かじ》の葉に歌を書いたり、芸事の上達を願ったりしたのでございますよ」

字を書くことから寺子屋が七夕の行事を熱心にすすめ、町人へとひろまり、短冊に手跡《しゅせき》や習い事の上達や、いろんな願いを書くようになったのだと、番頭は講釈する。

「なにをお願いしようかなあ」

思案する長吉に手習いを教えている惣介が小突いた。

「読み書きに算盤に、願い事ならいくらでもあるだろ」

お嬢さんはなにをお願いなさるので、と番頭がきく。

「お茶のお稽古《けいこ》でも、ずいぶん正座ができるようになりましたし」

里久は彦作に磨きあがった鏡を渡して、そうだねえ、と腕を組む。

「商いの願いだっていいんだろ」

「ええ、もちろんでございます。七夕飾りに大福帳があるぐらいですから」

「だったら、吉蔵のような商人になれますようにって願うかな」

ふいに自分の名が出て、吉蔵は驚いてきき返した。

「わたしのような商人、でございますか」

「そうさ。だってほら、この前の接客は、それは見事だったじゃないか。憧れちゃうよ」

里久は胸の前で指を組み、うっとりする。

「でもお嬢さん、手代さんのようにって、願い事が大きすぎやしませんか」

長吉がまじめな顔で言って、奉公人たちがわっと朗笑した。しかし吉蔵だけは笑わなかった。頬をぷうっと膨《ふく》らましている里久を見て、そうか、と思った。

考えるまでもない。わたしにできることはこれしかないじゃないか。

ずっと思い悩んでいたことにひと筋の光が射したようで、吉蔵はぐっと腹に力を込めた。

吉蔵は掛取りの相談がすんだ頃合いをみて、帳場にひとりになった番頭へ寄っていった。

「番頭さん、お話ししたいことがございまして」

「はて、なんだい」

「へい……」

吉蔵の真剣な顔に、じゃあ、あっちで聞こうか、と番頭は腰をあげた。

番頭は店の小座敷へ行く。番頭のうしろをついていく吉蔵を、惣介が不安げな眼差しで見送っていた。


その夜、惣介が長吉に算盤を教えているのを横目に、吉蔵は奉公人部屋からそっと出た。ぱちぱちと玉を弾く音がだいぶ速くなったのを聞きながら梯子段《はしごだん》をおり、柱行灯《あんどん》が灯された廊下を、自分の影を踏んであるじ部屋へとすすんだ。

部屋の前に膝をついたとき、閉まっている葭簀戸《よしずど》の内で置時計が、カーンカーンと夜四つ（午後十時ごろ）を告げた。

「夜分に失礼いたします。吉蔵でございます」

吉蔵は声をかけた。主人の声が返ってくるのを待って戸を滑らせる。中へ目をやれば、床の間を背に主人の藤兵衛が座り、傍らの下座に番頭が控えていた。

「お入りなさい」

「へい」

吉蔵はふたりの視線に見守られ、静かに座敷へ足を踏み入れた。

「旦那さまにはわたしからお話ししたが、おまえからも申し上げなさい」

「へい」

番頭にうながされ、吉蔵は主人の前へ両の手をつき、深く頭をさげた。

「旦那さま、お願いがあって参りました。わたしに丸藤からお暇《ひま》をくださいませ」

時計の刻《とき》をきざむ音が部屋に大きく聞こえる。

「決めたのかい」

しばらくして藤兵衛が言った。

「へい、決めましてございます」

吉蔵は答える。

「そうかい。わかりました。おまえがこの丸藤を退くこと、承知しました」

「お聞きとどけくださり、ありがとうございます」

藤兵衛に顔をおあげと言われ、吉蔵は正面をむいた。主人のちょっと苦そうなほほ笑みが吉蔵を待っていた。

「旦那さまのおっしゃったとおりでございましたなぁ」

番頭は残念だよと目をしょぼつかせ、自分は吉蔵が丸藤の奉公をつづけるものと思っていたと話した。

「おまえから家の事情を聞かされたのは春先だったからね。あれからずいぶんたつし、おまえの兄さんはあきらめてくれた、そう思っていたんだが」

だが主人の藤兵衛は、吉蔵は丸藤をやめると見ていたという。

「とっくに決めているだろうとおっしゃっていたんだ」

吉蔵は息を呑んだ。そのとおりだった。惣介にも話したが、丸藤をやめることは、兄から話をされてそう間をおかずに決めていた。吉蔵は主人の観察眼の鋭さに恐れ入った。

「それにしては、こうして思い切るのにずいぶん刻がかかったじゃないか」

藤兵衛は不思議がる。

「こちらの奉公は楽しゅうございましたから」

偽りのない真《まこと》のことだった。

「それに、やめ時で悩んでおりました。去ってゆく者ができる最後のご奉公はなにか、と。しかしそれがようやくわかりましたので、やっと踏ん切りがついた次第でございます」

「なに、最後のご奉公とな」

番頭が主人と目を見交わし、

「わかったとはどういうことだい」

藤兵衛が問うた。

「里久お嬢さんでございます」

「里久？」

首をかしげる主人に、吉蔵は藤兵衛から里久を店に立たせると聞いたときは驚きしかなかったと、正直な気持ちを打ち明けた。

「失礼ながら、お遊びだ、そう長くはつづくまいとも思っておりました」

しかし里久のがんばりは想像以上であった。おまけに里久は商いの才に長《た》けていた。目をみはったのは一度や二度ではない。里久はいまではもう、丸藤になくてはならない存在だ。

「里久お嬢さんは成長なさいました。よろこばしいかぎりでございます。あと補うものがあるとすれば、それは、ひとりの商人としての自覚と、自信でございます」

「商人としての自覚と、自信――」

主人と番頭の重なった声に、吉蔵は大きくうなずいた。

吉蔵は、油問屋の内儀のお相手を里久とともにしたのだと話した。

「里久お嬢さんが話しておいでだったね、吉蔵はすごいと褒めておられた」

番頭は、吉蔵のような商人になることが里久の七夕の願いだと藤兵衛へ教えた。

「ほう、それはまたなんとも」

主人は朗笑する。しかし吉蔵は硬い声で、内儀への里久の接客を藤兵衛へくわしく話して聞かせた。この品は自分には浮いてみえないかと言われ、すぐに引き下がってしまったことを。

「板紅《いたべに》を商おうと決めたときに、容《かたち》をどうするかで試行錯誤したときがございました」

誇りを持てる容《い》れ物をつくらねば、どんなに極上の紅を刷《は》いても安物にみえてしまう。

「わたしが申しますのも口はばったいことではございますが、お客さまへのお相手もまたしかり、そう思うのでございます」

押し付けはいけない。

「しかし気弱な態度もいけません。商う者への信頼が薄れるのはもちろん、悪くしますと品物の質が落ちたような誤解をお客さまに与えかねません」

吉蔵はふたたび藤兵衛に手をつき、「旦那《の》さま」と強い眼差しを主人へむけた。

「お願いがございます。わたしがこちらを退いた後、手代の役目を里久お嬢さんにお任せくださいませんか」

「里久にかい」

戸惑いを隠せない藤兵衛に、吉蔵はつづける。

「自分も丸藤の看板を背負って、お客さまのお相手をしている自覚。番頭さんや、ほかの奉公人に頼らずとも、お客さまに満足していただける自信。それらを身につければ、里久お嬢さんはますますよい商人へと成長されましょう」

「たしかに」と番頭はうなずく。

「しかし手代など、やはり里久にはまだ無理だ」

藤兵衛の懸念《けねん》はもっともだった。ですから、と吉蔵は主人を説得する。

「わたしが知るすべてのことを里久お嬢さんにお教えいたします。その後、わたしは丸藤から退きとうございます」

「おまえのやめ時と言うのはそういうことかい。なんとも……」

藤兵衛は丸藤のため、悩みを募らせていた若い奉公人に感謝の頭をさげた。

「そこまで考えてくれていたとは、礼を言います」

「だ、旦那さま、おやめくださいまし。ここまで育てていただいた者の務めにございます。それに、わたしが安心してこの丸藤を去りたいからでもございます」

己《おのれ》のためでもあるのです、と吉蔵は言った。言ったとたんに店を退くという現実が胸に迫ってきて、吉蔵は込みあげてくるものを抑えるように、つっと下をむいた。

手代が去った部屋で、藤兵衛は長い息をついた。

「あそこまで思ってくれていたとはね」

ほんに、と番頭は相槌をうつ。

「吉蔵はみながわいわいやっているのを、輪の外から見ているようなところがございます。ですから、わたしなどが気づかぬ里久お嬢さんの弱みと申しましょうか、そういったところが見えたのでございましょう」

老番頭は廊下を去っていった奉公人を慈《いつく》しむように話す。

「それに吉蔵もやり甲斐《がい》がございましょう。丸藤を背負《しょ》って立つお方に、自分の商いのやり方を伝授するのですから」

「背負って立つか」

藤兵衛の声音《こわね》に迷いが含まれた。それに忠義者はすばやく気づく。

「旦那さま、どうなされました」

「いやなに、背負わせて女の幸せを狭めているのではないか、須万にそう言われたことを思い出してね」

主人は迷いを払拭《ふっしょく》するように首をふった。

「折を見て、吉蔵のことをみなに知らせないとな」

「さようでございますね。しかしなんとも寂しゅうございます」

時計がまたカーンと刻を告げた。

第二章　ひとりだち

藤兵衛が大戸をおろしたあとの店座敷に奉公人たちを集めたのは、六月も明日で終わりという晩であった。

「なんだろうね」

里久は奉公人たちとまじって座った。隣に座った長吉が、お嬢さんもご存じないんですかときいてきたが、里久はなにも知らされていなかった。

「みんな疲れているところをすまないね」

藤兵衛は奉公人たちと向かい合って座った。

里久はあれ、と思った。吉蔵が藤兵衛の脇に遠慮がちに膝をそろえていた。長吉も首をかしげる。

「急な話でなんだが、じつはな」

父親がなにを話しているのか、里久にはわからなかった。

吉蔵の名が出て、実家が味噌屋《みそや》で、兄さんのたっての頼みとやらの話がつづいて――。

だから吉蔵がなんだって？

「ちょっと待っておくれよ、お父《と》っつぁま。いまなんて言ったんだい？」

里久はきき返した。

「だからな里久、吉蔵は味噌屋の主人になると決めたから、この『丸藤』から暇《ひま》をとるんだ」

藤兵衛は嚙《か》んで含めるように言った。

里久は呆然《ぼうぜん》となった。長吉も目を剝《む》いている。

「やだなあ、お父っつぁまったら。悪い冗談ばっかり」

里久は、ねえ、とまえにいる吉蔵に笑いかけた。が、当の本人は、まっすぐ里久を見て
「本当でございます」と言った。

自分の顔が強張《こわば》っていくのがわかった。里久はすぐさまうしろにいる手代頭《てだいがしら》に振り返った。惣介はすでに知っていたのか、沈痛な面持ちで黙っている。里久と目が合うとすっとそらした。藤兵衛のそばに控える番頭もだ。

「そんな……どうしてだよ。吉蔵はそれでいいの？」

長年勤めてきたこの丸藤をやめ、小間物商とはまったく違う味噌屋になるなんて。ここ

で培《つちか》ってきたものは惜しくないのか。

「わたしは惜しくてたまらないよ」

「やめることに悔いはございません」

そう言った吉蔵の表情は明るかった。

「おっしゃるとおり小間物と味噌ですからね、扱う品は違います。しかしおなじ商いでございます」

「そりゃそうだけど」

里久は藤兵衛を振り仰いだ。

「お父っつぁまはどうして承知したんだよ。丸藤から吉蔵がいなくなるんだよ」

里久ならそんなこと考えられない。

「丸藤にとってはすごい痛手だ。実家といっても、手塩にかけて育てた奉公人を引き抜かれるのに違いないからね」

藤兵衛の言葉尻《じり》にため息がまじった。

「だろ、だったら」

しかし藤兵衛は娘を諭《さと》す。

「里久、吉蔵が己《おのれ》で決めたことだ」

それでも里久は承知できなかった。

「吉蔵、考えなおしておくれ。お願いだよ」

「お嬢さんにそこまでおっしゃっていただき、わたしは幸せ者でございます」

吉蔵は里久へ深く頭をさげた。容《かたち》のよい辞儀は、なにを言っても覆《くつがえ》ることはない、吉蔵の固い決意がうかがえた。

「しかし旦那さま、丸藤に手代がいないというのは、いかがなものでございましょう」

惣介がはじめて口を開いた。

「おまえの言うとおりだ」

藤兵衛は「さあそこでだ里久」と娘に膝をむけた。

「吉蔵のいなくなった後は、おまえに手代の任を担《にな》ってもらう」

藤兵衛は、里久が実際に手代になるわけではないが、吉蔵の贔屓客《ひいきぎやく》を里久が引き継ぐこと。そのために商いの面で手代と同等の手腕を身につけるよう努めることを、店の主人として娘に課した。

里久は激しく首をふった。吉蔵が丸藤から去るという事実もまだ受けとめられないというのに、手代の任を担えだなんて。それに手代と同等の手腕ということは、吉蔵とおなじぐらいになれってことだ。油問屋の内儀に扇子をひろげる吉蔵の姿が蘇《よみがえ》る。

「無理だよ、無理。そんなの、ぜえったい無理だから!」

里久の声はもう悲鳴であった。

そんな娘に藤兵衛は大丈夫だよと伝える。

「吉蔵には、あとふた月いてもらうよう頼んだ。その間におまえを仕込んでもらう寸法だ。しっかりと教えてもらいなさい」

「お嬢さん、がんばってくださいまし」

長吉が気の毒そうな目で里久を励ます。

「なに他人事《ひとごと》みたいに言ってるんだい。長吉、おまえもだよ」

番頭に言われ、長吉の体はびくんと跳ねた。

「わたしも……といいますと……」

目を丸くする小僧に、主人はこの先の丸藤に思いを馳《は》せる。

「お茶汲《く》みや荷を運んだり、紅猪口《べにちょく》に紅を刷《は》いたりするのは、いままでのようにおまえの仕事だ。だがね、これから長吉には、里久を補い助けてもらいたい。だからおまえも里久と一緒に吉蔵から学ぶんだよ。ゆくゆくはおまえが手代というときだってくる」

「わたしが丸藤の手代……」

長吉は仰天《ぎょうてん》し、顔を赤くしたり、青くしたりする。そんな小僧に藤兵衛は快活に笑い、

「吉蔵にはさっそく明日からはじめてもらうから里久と気張るんだ。いいね」

と檄《げき》を飛ばした。

もうみんな決まったことなのだ。でも――。

「お父っつぁま、わたしは嫌だからね」

里久は座を立ち、その場から逃げるように奥へと走った。

「里久っ、待ちなさい」

藤兵衛の呼びとめる声もふり切り、そのまま自分の部屋へ駆けこんで耳をふさいだ。もうなにも聞きたくなかった。


その夜、里久は早々に寝床に入ったが寝付けず、なんども寝返りをうった。

蒸し暑い夜だというのに悲しみが里久の体を冷やしてゆく。夏掛けの夜着《よぎ》を頭からすっぽりかぶって、身をきゅっと縮めた。

「姉さん、もう寝た」

目だけを出して見れば、葭簀戸《よしずど》を少し開け、暗い廊下から妹の桃が顔をのぞかせていた。

桃は里久がまだ起きていると知って、部屋に入ってきた。行灯《あんどん》を灯《とも》し、里久のそばへ座った。灯りが桃の少し困ったような微笑《ほほえみ》を浮かびあがらせる。きれいだった。さすが伊勢町《いせちょう》小町《こまち》だ。

「さっきお父っつぁまから聞いたわ」

吉蔵のことや、それに伴う店のことは、あのあと藤兵衛から須万や桃、民に知らされた。

「吉蔵が店から暇をとると聞かされたときは、さすがに驚いたけど」

桃は突然に大きな責務を負わされることになった姉を心配していた。

「おっ母《か》さまも、また里久に無茶なことをさせてって」

母の須万は藤兵衛を叱《しか》っていたと話す。

「民はさすがに胸にこたえたみたい。お父っつぁまのお話が終わっても、しばらく立ち上がれないでいたから。おっ母さまが背をさすってなぐさめていなさったわ」

桃は無理もないと言う。

「小僧のときから知っているんですもの」

今日まで、なにくれとなく世話を焼いてきたのだ。

「桃は寂しくないの。嫌じゃないのかい」

里久の声は夜着でくぐもる。

「寂しいに決まってるじゃない。わたしだって、兄さんがひとりいなくなる感じだわ」

桃は薄づくりのやさしげな眉をさげ、せつなげにため息をつく。

「でも吉蔵が決めたことですもの」

妹は父とおんなじことを言った。

「わたしね、姉さんなら手代の任だってできると思うわ」

里久は黙っていた。そんなこと考えられないし、考えたくもなかった。

桃は、もうすぐ七夕ね、と話題をかえた。

「そろそろ飾りをつくらないと」

桃は、おやすみ、と告げ、行灯の灯を消して出ていった。

ふたたび暗くなった部屋に、小さな光がふっと横切った。どきりとし、文机《ふづくえ》のあたりで瞬《また》いているものに目をこらせば、蛍だった。そういえば今日は夕立があった。激しい雨に降られ、どこからか迷いこんできたのだろう。

里久はその夜、淡く光る蛍をいつまでも見つめていた。


翌日、里久は店に出ず、蟬《せみ》の声が降りしきる中庭にいた。

里久は池の水を柄杓《ひしゃく》で庭に撒《ま》いていた。水はずいぶんと緑色を帯びている。だから今日は池の水替えをすることにした。店を休むことは、台所の板間で奉公人たちが朝餉《あさげ》をとっているとき番頭に告げた。そしてなにか言われるまえに台所を出てきた。強引であったが、里久のささやかな抵抗だ。

「ほんにこんなことをしていて、いいのかのう」

水の入った小桶《こおけ》を中庭に運んできた彦作は落ち着きがない。

「いいんだよ。それっ」

里久は柄杓で水を撒く。驚いた蛙《かえる》が羊歯《しだ》の間から飛び出してきた。

「彦爺《ひこじい》、蛙だよ」

昔とった杵柄《きねづか》だ。里久はぱっと蛙を捕まえた。長吉がまた来たら見せてやろう。

長吉はときどきやってきては、「店に出てきてくださいよう」と半べそをかく。番頭や惣介も廊下のむこうからこちらの様子をうかがっている。しかし吉蔵は姿を見せなかった。

「ほれ、お召し物が濡《ぬ》れますで」

彦作が井戸から汲んだ水を池にそそぐ。里久も庭と井戸を何度も行き来した。その甲斐《かい》あって、池の水はすっかりきれいになった。水草の間を金魚たちが気持ちよさそうに泳いでいる。みんなずいぶんと大きくなったものだ。

「里久お嬢さん、彦作さん、こっちにきてひと息ついてくださいな」

廊下縁で民が冷たい麦湯をのせた盆を掲げた。

「おやまあ、こんなに汗びっしょりになられて」

日陰の縁に座り、里久は民から手渡された手拭《てぬぐ》いで汗をふき、彦作と喉《のど》を潤《うるお》した。民が団扇《うちわ》を煽《あお》いで風を送ってくれる。

「ねえ、お民も彦爺も、吉蔵がやめないよう引きとめておくれよ」

里久は裸足《はだし》のつま先を日陰から陽射しの中へさらした。

さっき放してやった蛙だろうか、けろけろ鳴きだした。

「こりゃあ、ひと雨くるかのう」

「そうですねえ」

里久の頼みに答えることなく、民と彦作は眩《まぶ》しそうに目を細め、青い空を仰いだ。

夕立がきて熱気が少しおさまって、今宵《こよい》も障子の桟《さん》で蛍はよく光る。

結局、里久は今日一日庭で過ごした。主人や番頭の許しもなく店を休むなぞ、奉公人なら叱責《しっせき》ものだ。主人の娘とはいえ、里久だって本来なら怒られてしかるべきなのだ。

「お嬢さん、そんな身勝手では困ります」

「里久、行いを改めなさい」

そう怒られたなら、こう言うつもりでいた。

「ほら、わたしに手代の任なんて無理だろ」

そうみんなにわかってほしかった。やはり丸藤には吉蔵がいないとなあ、と思ってほしかった。いまからでも吉蔵を引きとめてほしかった。

けど、番頭さんもお父っつぁまも、なにも言わない。怒りもしない。

里久は今夜も眠れない。緑の光が強く弱く光るのを眺めているうち、喉がからからに渇いてきた。寝床から起き上がり、水を飲みに廊下へ出る。

柱行灯の灯《ひ》をつたって仄暗《ほのぐら》い廊下をすすんでゆく。台所の板戸に手をかけたとき、店のほうでちらりと灯《あか》りが揺れた。もう真夜中なのにいまごろ誰だろう。

里久は足音を忍ばせ、廊下をすすんだ。内暖簾《うちのれん》の隙間《すきま》から、恐るおそる店内をのぞく。

板の間に手燭《てしょく》を置き、男がこちらを背にして、ひとりぽつんと座っていた。

「吉蔵」

里久から思わず声が出た。吉蔵が、はっと振り返る。仄かな灯りに表情ははっきりしないが、いるのが里久だと知って、ほっとしたのがわかった。

「お嬢さん、こんな夜更けにどうしなさったんです」

吉蔵は寝られませんかと問うて、まあそうでございましょうねえ、と自ら答えて笑った。

「こんな夜更けに若い娘さんとふたりきりというのも、いかがなものかと思いますが」

吉蔵は逡巡《しゅんじゅん》したが手燭を間にして、こちらへいらっしゃいませんかと里久を手招きした。

「寝られないのは、わたしもでございます。自分から丸藤をやめると言っておきながら、無性に――」

吉蔵はそこで言葉を切って肩をすくめた。里久が店を休んだことには、なにも触れない。

「ここにこうしていますと、いろんなことを思い出します。お嬢さんが丸藤に戻ってこられてからのことは特にでございます。白粉《おしろい》が売れるようにと、肩掛けをつくって白粉につけましたね。寒紅《かんべに》をひろく手にとってもらうために、小さな板紅《いたべに》を考えました。この夏は、丸藤の白粉を買ってくださる遠いお客さまのために、白粉化粧の手ほどきをくわしく描いた錦絵《にしきえ》までつくりました」

どれも楽しかったなあ。吉蔵は暗い店内をしみじみ眺める。手燭の灯が揺れるたび、床の火影も揺れた。

「ねえ、吉蔵、ほんとに丸藤をやめてしまうの」

「お嬢さん」

吉蔵の目が何度もきくなと言っていた。でも里久は言わずにおれない。

「わたしはね、手代の任を負うのが嫌で店に出なかったんじゃないよ。吉蔵がここにいてくれるというなら、どんな任だって引き受けるよ。だから」

「人が生きていく道は、一本道ではございませんでしょう」

夜の店に吉蔵の声が静かに響いた。

「誰しもどこかで分かれ道がございます」

お嬢さんはよくご存じでございましょうと言われれば、里久だって品川《しながわ》から戻ってこの伊勢町で暮らす道を選んだ。

「お嬢さんは、わたしが味噌屋になるのを惜しいとおっしゃった。ですが、ここで過ごした歳月は、どこにいてもついてきます。丸藤がわたしについてくるのです」

「ついてくる……」

「そうです。お嬢さんがこの伊勢町にいても品川の浜がついてくるように」

ですからね、と吉蔵はつづける。

「丸藤をやめることも、味噌屋になることも、わたしはちっとも後悔しておりません。それどころか、味噌屋になったらどんな知恵を出そうか、いまから楽しみでなりません」

それが嘘《うそ》ではないことは、里久にはわかった。だって、吉蔵の目は手燭の灯りのせいばかりではなく、きらきら輝いているのだから。

商いにわくわくする気持ちを里久は知っている。それをやめろだなんて言えやしない。

「そんな顔されちゃあ……わたしは四の五の言わず、吉蔵の指南を素直にうけるしかないじゃないか」

吉蔵がここを去ることを受けとめるしか、ないじゃないか。

しゅんとする里久とは反対に、吉蔵は「あははは」と朗《ほが》らかに笑う。

「吉蔵はうれしゅうございます。お嬢さんならわかってくださると思っていました。では明日は店に出てくれますね」

里久はうなずいた。

「きっとですよ」

吉蔵は里久に小指をさし出す。

「約束する」

里久は吉蔵と指切りをした。

「では早く寝てくださいまし」

吉蔵は手燭を持ち、里久の足許《あしもと》を照らして廊下に出た。

「おやすみなさいませ」

吉蔵は灯りを里久へ手渡し、暗い梯子段《はしごだん》をのぼってゆく。

里久は部屋に戻り、手燭を吹き消した。蛍がまた光りだす。その瞬きが滲《にじ》んでゆく。

濡れた目許をぬぐい、里久は己に言い聞かせた。

「さあ、明日から気張ろう」

明日はもう七月であった。


朝から吉蔵の指南がはじまった。

吉蔵は別人のように厳しい顔つきで、里久と長吉のまえに櫛《くし》を並べてゆく。

「見てのとおり、材は象牙《ぞうげ》や鼈甲《べっこう》、木などがあります。単に木といいましても黄楊《つげ》や桐《きり》など、わたしたちに馴染《なじ》みのものから、黒檀《こくたん》など唐木《からき》と呼ばれる異国のものがございまして」

「待っておくれよ吉蔵、お客さまのお相手の仕方を教えてくれるんじゃないのかい」

油問屋の内儀相手にしていたような、あんな接客をどうしたらできるのか教えてくれるのではないのか。

「ですからこうしてお教えしようとしているのです。よく聞いて覚えてくださいまし」

昼間はお客がいない合間をぬっての指南となった。吉蔵は少しの間も無駄にはしない。

指南は櫛のさまざまな形にすすみ、技法にまで及ぶ。

「鼈甲に蒔絵《まきえ》を施した櫛が最高級といわれております。その蒔絵にもいろいろありまして、貝を切り出して嵌《は》めこんだものを貝象嵌《かいぞうがん》と申します。一方、描かれる図柄に漆《うるし》を厚く盛り付けているものを高《たか》蒔絵と申しまして――」

「ちょ、ちょっと」

里久は吉蔵の話を遮《さえぎ》った。

吉蔵から澱《よど》みなく発せられる小間物の豊富な知識に、里久の頭は追いつかない。横で長吉も目を白黒させている。

「できたらもう少しゆっくり教えてくれないかい」

吉蔵の表情が険《けわ》しく動いた。

「そんな悠長なこと言っていられません。覚えることは櫛ばかりではないのですよ。お教えできるのもふた月しかございません。さ、つづけます」

吉蔵はいくつもの櫛の中からひとつを手にとり、この櫛の材と形、それにどのようなつくりか述べろと言った。

「ええっと材は木で……」

里久の頭は真っ白だ。

「いまさっきお教えしたばかりでございましょう」

尖《とが》った声に里久と長吉は、ぎゅっと身をすくめる。

屋敷廻《まわ》りの仕度をしていた惣介がこちらへやってこようとした。が、途中で踵《きびす》を返し、そのまま荷を背負って出かけていった。

「ではもういちどお教えします」

吉蔵の指南は店の大戸がおりてからもつづいた。町木戸が閉まる夜四つ（午後十時ごろ）になって、「では今日はこのへんにいたします」と告げられて、やっと終わりとなった。里久はふらふらと部屋へ引きあげ、敷かれた夜具に倒れこむように眠った。

この日からそんな日々を里久は重ねていった。

「大丈夫なのでございますか」

里久の日増しに濃くなる目の下の隈《くま》を見て、昼餉の飯をよそっていた民が案じた。

「彦作さんなんて、見てはおれんと嘆《なげ》いておられましたよ」

「平気だよ」

里久は民から受けとった飯をかっこんだ。

「お食事ぐらい、もっとゆっくり召し上がってくださいまし」

民は茄子《なす》の味噌汁を膳《ぜん》にのせた。里久はそれを飯にぶっかけ、ずずっとすする。

「もう、お嬢さんたら」

「お行儀悪くてごめんよ、でも早く店へ戻らなきゃ。吉蔵が待ってくれているんだ」

吉蔵が言ったように、指南は櫛から笄《こうがい》へとひろがっていった。それにともない覚えることも山ほどふえた。里久は頭を抱える毎日だ。しかし、頭を抱えるのは、そのせいばかりではなかった。里久は日を追うごとに己の勘違いを痛感していた。

里久だって、蒔絵や螺鈿《らでん》は知っている。だからお客へは、

「鼓《つづみ》が描かれている蒔絵の櫛でございます」

「こちらは木に牡丹《ぼたん》の彫りがある櫛でございます」

こんな具合に品をすすめてきた。だがそれがどんな材で出来ているのか、どのような形なのか、塗りはどのように施されているのか、みな番頭や吉蔵や惣介が客へ伝えてくれていた。それを当たり前のようにして、里久は横で客に鏡を掲げ、

「とおってもお似合いでございます」

とにっこり笑っていた。それで接客しているつもりになっていた。

でもそうではないことに里久は気づいた。

「ええ、欲しかったのはこういう櫛ですよ。注文のときは利休形《りきゅうがた》とずいぶん迷ったけど、思い切って手代さんのすすめてくれた月形にしてよかったわ。材も柞《いす》にしてぴったり。この鯉《こい》の彫りもなんとも」

だからほかの店には行けないと、お客は満足げに苦笑する。

品の細やかなことまで知って、はじめて商う者なのだ。客はそんな商人を信頼する。そうやって油問屋の内儀への接客へとつながってゆく。

吉蔵は商人になる術《すべ》を里久に教えてくれているのだ。ひとりの商う者になれと。吉蔵がここにいてくれる間になんとか覚えないと。いてくれる間に――。

里久の気持ちは焦るばかりだ。

「ごちそうさま」

里久はあわただしく台所をあとにした。

指南も六日目に入った。お客が途絶えた陽盛りの昼下がり、里久は店座敷で長吉と一緒に吉蔵の教えをうけていた。相変わらず品物のことを覚えるだけでも精一杯なのに、この日はそこへもってきて、吉蔵を贔屓《ひいき》にしている客のあれこれも加わった。

「つぎに本町の真綿《まわた》問屋近江屋《おうみや》のお内儀さまですが」

里久は膝にのせた分厚い留帳《とめちょう》を繰った。吉蔵が贔屓客の買い求めた品を、掛け帳とは別に書き留めているものだ。惣介が留帳を見て、自分も小間物に似合う顔立ちや髪形などを帳面につけていると教えてくれた。そういや吉蔵から聞いたことがあった。

里久は近江屋の文字を見つけて手をとめた。

「こちらのお内儀さまは、笄や櫛は鼈甲をお好みでございます。それも黒斑《くろふ》が入ったものをとくに好まれます。しかしだからといって、そればかりお見せになってはなりません。ときには斑のない白甲《しろこう》と呼ばれる鼈甲や、材が木のものもおすすめしませんと」

「でもついこのあいだ、斑入りの角形櫛をお買い上げになったと記されているよ」

里久は留帳を吉蔵のほうへむけ、「ほらここ」と記された箇所を指さした。

ああ、それはですね、と吉蔵は里久の疑問にすぐさま答える。

「ずいぶん前にお求めいただいた櫛を失《な》くしておしまいになられまして。とても重宝していらっしゃったそうで、似た斑のものをぜひ探してくれと頼まれておりました」

記されているのは、ようやく見つけた櫛だという。

よく似た斑って……ずいぶん前とも言っていた。

「吉蔵はその櫛の斑の模様を憶《おぼ》えていたっていうのかい」

吉蔵は、もちろんだとうなずいた。

里久は唖然《あぜん》とした。客の好みはもちろんだが、以前に納めた品の、その模様まで頭に入れているだなんて――。

里久の背に冷たい汗が伝っていった。吉蔵に近づくのは容易《たやす》くない。それは嫌というほどわかっている。が、それでも食らいついてがんばろうと思っていた。けどいまの話を聞いて、どんなにがんばっても到底無理だと思えた。

「里久お嬢さんもおできになってくださいまし」

そう言われ、くらりと目眩《めまい》もした。別の贔屓客の話をはじめた吉蔵の声が遠くなる。

「お嬢さん」

長吉がささやいて袖《そで》を引いた。不安げにのぞきこんだ目を、ちらりと吉蔵へむける。

里久は、はっと顔をあげた。吉蔵が険しい顔でこちらを見ていた。

「里久お嬢さん、わたしの話をお聞きですか」

「ご、ごめんよ。誰だったかな」

里久は急いで留帳を繰った。

「暑いからといって、ぼんやりしないでくださいまし。お教えする甲斐がございません。いいですか、お次のお客さまはですね」

「吉蔵、ちょっと待て」

惣介の声だった。今日は屋敷廻りに出かけることなく、番頭と船積問屋《ふなづみといや》へ卸す白粉の数の相談をしていた。惣介は帳場の前から立つとこっちへやってきて、膝頭を吉蔵と突き合わせた。

「手代頭さん、じゃまをしないでくださいまし」

吉蔵がむっとした。

「おまえの指南だ。口を挟んじゃいけないと思って、黙って今日まで見てきた。だが言わせてもらう。おまえは急ぎすぎだ。周りも見えていない。お嬢さんをよく見てみろ、これが暑くてぼんやりしていなさるお顔か」

長吉が「お嬢さん、お顔が真っ青でございますよ」と里久を支える。そういう長吉にしたって青い顔をしていた。

そんな里久たちに吉蔵もようやく気づいたようだ。

「わたしとしたことが……」

手で口を覆《おお》い、愕然《がくぜん》とした顔をする。

帳場から番頭がやってきて、吉蔵の背に手をあてた。

「おまえだって、こんなに体を硬くして。ほら息を吸ってごらん」

番頭は自ら大きく息を吸って手本を見せた。

吉蔵はそれに合わせるように深く大きく息を吸って、吐いた。

「そうそう」

番頭としばらく呼吸をくり返しているうち、吉蔵の顔から険がとれていった。張りつめていたものがとけていくのがわかる。

なあ吉蔵、と番頭は手代を呼んだ。

「おまえの必死さはわかる。だが追い詰めちゃいけない。お嬢さんも、おまえ自身もな」

「番頭さん」

吉蔵は赤い目をして「へい」とうなずいた。そして里久へ手をつき深く頭をさげた。

「お嬢さん、申し訳ございません。番頭さんや手代頭さんのおっしゃるとおり、わたしはひとり突っ走っておりました」

　里久は首を横へふった。

「わたしのほうこそ覚えが悪くてごめんよ。それに吉蔵のすごさを知れば知るほど、途方にくれてしまって」

「謝らないでくださいまし」

　吉蔵は無茶をさせてしまった、どうかしていたと己の額をぴしゃりぴしゃりとたたく。

「長吉、おまえにもすまなかったね」

　うつむいている小僧の頭を、吉蔵はぐりぐりとなでた。

「もう、やめてくださいよぉ」

　吉蔵から逃げながら、長吉はうれしそうだ。

「ちょいとよろしいですか」

　内暖簾からひょいと民が顔を出した。

「みなさんこれに願いを書いてくださいませ」

　民の手には五色《ごしき》の短冊があった。

「明日は七夕ですからね」

　ああ、そうだったとみなが沸き立つ。

「桃と飾りを一緒につくると約束してたんだ」

　なのに、里久はすっかり忘れていた。

番頭がやわらかく手をうった。

「ではここらでひと息いれよう。里久お嬢さんは、桃お嬢さんのところへ行ってくださいまし。みんなは短冊に願いを書こうじゃないか」

「ありがとう、番頭さん」

里久は桃の許《もと》へ急いだ。

蔵の横に青々とした笹竹《ささたけ》が立てかけてあった。桃は腕を伸ばし、網や吹流しを枝に括《くく》りつけていた。

「桃、ごめんよ」

廊下縁から太い眉をさげて謝る姉に、妹は伊勢町小町の微笑《ほほえみ》をたたえる。

「短冊は書いたの」

里久はまだだと首をふる。

「じゃあ、ここでお書きなさいな。わたしはさっき書いて、いまから結ぶところよ」

廊下には硯箱《すずりばこ》があった。

桃は五枚の短冊の紙縒《こよ》りを枝に結わえてゆく。

「いっぱい書くことがあるんだよ」

里久は照れながら、廊下に座って筆を手にした。胸にある焦りや不安をみんな願いにかえていく。たくさんの短冊を認《したた》める姉を妹は笑わない。里久が書きあげるまで待って、ひとつひとつ神妙な顔で結びつける里久に、高い枝を引き寄せてくれる。

廊下ににぎやかな足音がして、奉公人たちもやってきた。あっちの枝こっちの枝と短冊を結んでゆく。

「長吉、屋根にあげてくれるかしら」

桃が飾りつけの終わった竹を見あげた。

七夕の笹竹は竿竹《さおだけ》の先に括りつけられ、さらに屋根のうえに飾られる。

「まかせてください」

長吉は威勢よく返事をし、長くなった笹竹を肩に担《かつ》いで、梯子《はしご》を屋根のうえの物見台へとのぼっていく。

「長吉、大丈夫かい」

里久は惣介と吉蔵と一緒に梯子を支え、長吉へ声を張る。

「いい眺めですよぉ、お嬢さん」

梯子をのぼりきり、物見台に立った長吉が風に吹かれて遠くを見るさまは、なんとも気持ちよさげだ。そうなると里久はもう我慢できない。梯子を摑《つか》み、段に足をかけた。

「姉さんっ」

「お嬢さんおやめくださいまし」

桃とふたりの奉公人がとめるのも聞かず、里久は梯子をのぼっていく。

「里久お嬢さんなら、きっとのぼってきなさると思っていましたよ」

うえにいる長吉は驚かない。にやりと笑って手をさし伸べる。

握った手をぐいっと引っ張られ、里久は物見台に立った。

江戸は火事が多い。町に火の手があがったとき、この物見台から炎の行く手を見定める。

だがいまは、連なる甍《いらか》のひとつひとつに七夕の竹が立ち、まるで空に竹林ができたような風景がひろがっていた。強い風に、飾りの吹流しや網や酸漿《ほおずき》がたなびき、色とりどりの短冊がひらひらとはためいている。

「うわぁ……」

壮観な眺めに、里久は長い袂《たもと》を翻《ひるがえ》し感嘆の声を放つ。

丸藤のまだ横倒しになったままの笹竹も、風に飾りや短冊が音をたてていた。そのひとつの短冊に認められた願い事が、里久の目にとまった。

読み書き算盤《そろばん》が達者になりますように。

これは長吉の字だ。近くに長吉のものがもう一枚あった。ひときわ大きく角ばった字で、教えられたことを早く覚えられますように――とあった。

里久も同じことを書いた。櫛のことが早く覚えられますように。笄《こうがい》も、簪《かんざし》も。

いちばん思いをこめて認めた短冊を探し出し、里久は願いをつぶやく。

「吉蔵のようになれますように」

飾りの大福帳が外れないよう結び目を確かめていた長吉が、「お嬢さん」と呼んだ。

「これを見てください」

長吉は宙に伸びる枝を引き寄せた。そこに結ばれた短冊には、達筆でこう書かれていた。

里久お嬢さんがよい商人になられますように。

吉蔵の字であった。

「わたしのことも書いてあります」

長吉がそばの短冊を指さす。長吉が丸藤の頼もしい手代になれますように、とあった。

同じ枝にもう一枚。

ますますの商売繁盛　丸藤手代　吉蔵
そのひときわ太く力強い筆跡は、吉蔵の誇りをあらわしているようであった。

「吉蔵に少しでも近づきたいね」

惜しみなく教えを伝えてくれる吉蔵のために。そしてなにより己のために。

「お嬢さんいきますよ」

長吉が天へとどけとばかりに丸藤の笹竹を「それっ」と立てた。物見台の柱に手ぎわよく縄で結わえてゆく。風が葉や短冊をさらさらと鳴らし、さまざまな飾りたちを宙へ泳がす。

里久は長吉と笹竹を仰ぎ見る。

「長吉、がんばろうな」

「へい、お嬢さん」

下で須万の金切り声が聞こえた。

「里久っ、おまえ、なんてところにいるんだい」

須万は早くおりてこいと怒っている。桃がなだめ、惣介と吉蔵が頭をさげている。

「吉蔵ぉー」

里久は下の吉蔵に手をふった。

吉蔵が里久を見あげ、眩しそうに破顔した。


夜、里久が文机にむかって筆を動かしていると、葭簀戸《よしずど》が開いて桃が顔を出した。つづけているのねと感心する。里久は店であったあれこれを綴《つづ》っていた。

「今日は櫛をおすすめするとき、どんな櫛か、形や塗りのことなんかも言えたんだよ」

里久がお客に説明するのを、吉蔵がそばにいて聞いてくれていた。大きくうなずいてもくれていた。

「姉さん、まえよりなんだか顔がきりっとしてきたわよ」

「ほんとかい」

里久は顔をなでた。と、その拍子に筆の先があたり、頬《ほお》に墨がついた。

「もう、姉さんたら」

桃は呆《あき》れながらも、「こういうところが姉さんらしくてほっとするんだけどね」と部屋に入ってきて、里久の頬を手拭いでふいた。妹から須万と同じ香りが漂う。

「ほらじっとして」

頬をぬぐってもらいながら里久は話す。

「吉蔵がね、お嬢さんのやり方を探したらいいって言ってくれたんだよ。みんなで川へ七夕の笹竹を流しに行ったろ。そのときにね」

七夕の竹は七日いっぱい飾り、夕方には一斉に屋根から下ろされ、近くの川や海に流す。

そのとき吉蔵が言ってくれたのだ。

わたしがお教えするのはひとつの方法でございます。お嬢さんは、お嬢さんなりのやり方を見つけていってくださいませ。お客さまに寄り添うという、いちばん大事なことをお嬢さんはわかっていらっしゃるのですから。ゆっくりいきましょう――と。

「それでね、これをくれたんだよ」

里久は机に数冊の冊子を置く。

「櫛の雛形《ひながた》なんだって」

ひろげた冊子には、櫛のいろんな形や図案が仔細《しさい》に描かれていた。図案が櫛からはみ出して描かれているのは、櫛の裏の図柄になる。

「この櫛はあのご新造さまに、これなんかあのご新造さまに似合うんじゃないかって眺めていたら、いろいろ覚えられるんだよ」

「姉さんのやり方というわけね」

「これだって吉蔵が教えてくれたことだけどね」

きれいにとれたと桃は手拭いをしまい、これなんかいいわ、と蛍が飛ぶ図案に見入った。

部屋にいた蛍はとっくにいなくなっていた。あんなに暑かったのに、夜はめっきり涼しくなり、庭では虫が鳴いている。季節は秋へとうつっていく。

そして晩秋の九月となった。

まだまだ先だと思っていた、吉蔵が丸藤を去る朝がやってきた。

長く勤めてくれた忠義者を送り出すために、まだ通りに誰もいない静かな店前に、里久と奉公人たちはそろった。彦作も駆けつけてきた。

愛《いと》おしむように店を眺め、看板を見あげていた吉蔵が、丸藤の奉公人たちへ目を戻す。

「お嬢さん、そんな顔をなさらないでくださいましな」

吉蔵は指で片方の眉をさげ、ほろりと笑う。

里久はハの字にさがった己の太い眉をなでた。笑って送り出そう、そう決めていたのに。

「家は近いんですから。ちょいちょい顔を出しますよ」

「ほんとかい、きっとだよ」

何度も念を押す里久に、吉蔵は「お約束いたします」とうなずく。

「味噌を持って遊びにうかがいます」

お嬢さん、味噌と言ってもいろいろあるんですよ。そう話す吉蔵は、もう味噌屋の主人の面構《つらがま》えだ。里久は寂しくもあり、うれしくもあった。

「楽しみだな。待っているよ」と里久は明るく言った。

「気張れよ」

「なにかあったら相談にくるんだよ」

手代頭と番頭は吉蔵に親身な言葉をかける。

「へい、ありがとうございます。それじゃあみなさん、お達者で」

吉蔵は深く一礼した。

前日に藤兵衛や須万や桃、もちろん里久とも別れの挨拶《あいさつ》を交わし、奉公仲間とは最後の夜を過ごしたにしても、あっさりしたものだ。

「吉蔵も達者でね」

吉蔵の新たな門出だ。でも、里久の声は湿った。番頭も惣介も彦作も、みなしんみりしている。長吉はうつむいて洟《はな》をずびずびいわせている。

吉蔵がくるりと背をむけた。そのままいちども振り返らず去っていく。

角を曲がるとき、朝陽が前途を寿《ことほ》ぐように、吉蔵を照らした。

「ご隠居さま、ようおいでくださいました」

里久は手をつき、番頭仕込みの挨拶で青物問屋のご隠居を出迎えた。

「ご無沙汰《ぶさた》だねえ」

女隠居は痛い膝を庇《かば》うようにどっこいしょ、と店座敷に腰を据える。

「いらっしゃいまし」

振る舞い茶を運んできた長吉を見て、隠居は「おやおや」と目を丸くし、小僧の顔をしげしげと見つめた。

「久しぶりに寄せてもらったら、小僧さんの様子が違っているじゃないかえ」

吉蔵がここを去ったあと、長吉は月代《さかやき》を少し削り、前髪に髷《まげ》の姿になった。一人前の小僧さんというわけだ。

「ちょっとずつ大人の仲間入りだねえ」

似合っているよと言われ、長吉は照れた。

「ごゆっくり」

隠居に挨拶したら、盆で顔を隠してその場を離れていく。彦作のそばへ行き、そっと鏡をのぞきこむ姿に、隠居はぷっと噴き出した。里久もだ。もうかれこれ半月はたとういうのに、長吉はまだ慣れないようだ。

「おや、ひとり姿が見えないが」

隠居は手代がいないことにも気がついた。

「ええ、じつは」

里久は訳を話し、いまは自分が手代の任についていると説明した。隠居はだから小僧さんの髪形が変わったのかいと合点し、

「そうかい、ここから巣立っていったのかい」

と言って、湯気の立つ振る舞い茶をうまそうに口にした。

まさにそうだった。吉蔵は丸藤から巣立っていったのだ。

隠居は里久を眩しそうに見つめる。

「おまえさんも本格的に商人の道をすすむんだねえ。これからの丸藤がどう変わっていくか楽しみだよ」

「これからの丸藤、でございますか」

里久は店内に目をむけた。

番頭は帳場に座り、手代頭の惣介はお客に簪をみせている。長吉が振る舞い茶を運び、彦作は女中から鏡を受けとる。そしてわたしはこうしてご隠居さまにひとりで出ている。

「ええ、わたしも楽しみです。ところでご隠居さま。よい櫛が入ったのでございますよ。材は唐木で、金蒔絵。白い牡丹の文様は貝象嵌《かいぞうがん》の螺鈿《らでん》でございます」

長吉に目をやれば、小僧は葛籠《つづら》にのせてすぐさま運んでくる。

「ささ、ごらんくださいまし」

里久は桐箱の蓋《ふた》をていねいに開けた。

「おやまあ、おまえさんがいちばんかわったよ」

隠居は驚きながらも髪に櫛を挿《さ》す。

「とおってもお似合いでございます」

里久は彦作から受けとった鏡を掲げ、にっと笑った。

第三章　耕之助の望み

廊下縁に吊《つ》るした風鈴がちりんと鳴って、桃は中庭に目をやった。鴇羽色《ときはいろ》の薄暮に蝙蝠《こうもり》が舞っている。早くしないと。桃は手にしたふたつの簪《かんざし》に目を戻した。ひとつは、摘《つま》み細工の小花が寄り集まり、花を囲むように銀の細板がさがっている。もうひとつは、銀で大輪の花が一輪。そこに二本の鎖がさがり、鎖の先には飾り紋が揺れている。素材は違えど、どちらもびらびら簪だ。

さっきからどちらの簪を挿《さ》そうか、桃は鏡台のまえで迷っていた。今夜は大川の川開きであった。これから姉の里久と花火を見物に行くのだ。去年は耕之助《こうのすけ》と弟の富次郎《とみじろう》も加わっての見物だった。そして今年も兄弟たちは伊勢町堀《いせちょうぼり》に架かる中之橋《なかのはし》で待ってくれている。

廊下からあわただしい足音が近づいてきた。母の須万が、これ、と叱《しか》っている。

「桃、仕度はできたかい。そろそろ行くよ」

呼びにやってきた里久が、「怒られちゃった」とちろりと舌を見せた。藍地《あいじ》に海鳥が飛ぶ柄の単《ひとえ》がよく似合う。

「もう姉さんたら」

里久の髪には思ったとおり、いちばんのお気に入りの簪があった。金や銀の貝に、淡い青や深い緑のビードロ玉をあしらったものだ。潮騒《しおさい》が聞こえるような簪を。姉の注文に飾り職人の清七《せいしち》が応えた品だ。

「まだ迷っているのかい」

里久は桃の手許《てもと》を見てきいた。

「ええ、すぐに暗くなるんだから、どっちでもいいんだけど」

それでも桃は、耕之助に少しでもきれいな姿を見せたかった。里久はそんな妹の気持ちを察してか、挿してごらんよ、と部屋に入ってきた。

「吉蔵に鍛えられたこの里久さんが選んであげる」

手代の吉蔵が実家の味噌屋《みそや》を継ぐために「丸藤」を退いたのは、去年の九月だ。それから里久は、手代の任《しょ》を背負ってがんばっている。

「じゃあ、お願いしようかしら」

桃は簪を交互に挿した。

「そうだねえ」

里久が選んだのは、大輪の花の簪だった。

「ちょっと派手じゃない」

「ちっとも。大げさじゃなく、揺れるさまも涼しげだよ。それに着物とも合っている」

里久が言うとおり、桃が着ている白地に芙蓉《ふよう》の柄の絽《ろ》ともよく合った。

「桃、とおってもきれいだよ」

「じゃあ、こっちにするわ。ありがとう、姉さん」

「お安いご用さ」

「ふふ、まえはわたしが姉さんにいろいろ選んであげていたのにね」

里久の見立ての腕は、この一年近くでずんとあがった。

「姉さん、それからね」

「なんだい、まだなにか迷っていることがあるのかい」

里久は鏡の中の桃をのぞきこむ。

「そうじゃないけど……ねえ、ほんとにあそこからの見物でいいのかしら」

中之橋での見物は、人混みが苦手な桃を気遣ってのことだ。だが両国《りょうごく》まで行けば花火は真上にあがり、それは見応えがある。自分のためにせっかくの花火も遠くからでは、どうにも申し訳ない。

「桃ったらまた言ってる。あそこから楽しもうって、みんなで決めたことじゃないか。富次郎なんて、大和屋《やまとや》の屋形船に乗らなくてすむって清々《せいせい》してたよ」

里久は、さあ行こうと立ち上がった。

外の通りは見物客を当てこんで、店々の灯《あか》りが煌々《こうこう》と灯《とも》っていた。その中を桃と里久は手をつないで橋へとむかう。桃の簪の細い鎖がしゃらしゃらと鳴る。

夕暮れに浮かぶ橋には、桃とおなじようにここから見物する者たちの姿がちらほら見えた。ご老人や幼子を連れた者たちだ。

「桃ちゃん、里久、こっちだ」

耕之助が橋のたもとにいる桃たちに気づいて手をあげた。

「おっ、いたいた」

里久が下駄《げた》の音を響かせ走ってゆく。振り返って、ほらおいでよ、と桃を呼ぶ。

「お待たせしてごめんなさい」

桃は橋のうえに立った。風が桃の長い袂《たもと》をふくらましてとおり過ぎていく。

「やあ、桃ちゃん。きれいだなあ。簪がこれまたよく似合っているよ。さすが伊勢町小町《こまち》だ。ねえ兄さん」

富次郎が大げさなほど褒《ほ》めてくれる。その反対に耕之助は、ちらと見て「ああ、そうだな」と、なんともぶっきらぼうだ。もう照れちゃって、と富次郎に茶化《ちゃか》されている。

「里久ちゃんもきれいだ。振袖《ふりそで》もすっかり板についたね」

富次郎にこれまた簪がよく似合っていると言われ、里久はご満悦だ。

「富次郎も相変わらずおしゃれだねえ」

里久が感心する。桃もだ。さすが着《き》道楽《どうらく》なだけあって、絣《かすり》の着物を粋《いき》に着こなしている。

「耕之助さんも新しく誂《あつら》えたのね」

耕之助は万筋縞《まんすじじま》の単《ひとえ》でこざっぱりしていた。

「わたしが古手《ふるて》屋《や》で見つくろったんだよ」

いいだろ、と富次郎は自慢げだ。

「ええ、とっても」

「ごらんな、桃ちゃんに褒められたよ。あんな汗くさいお仕着せで来なくてよかったろ」

「くさくて悪かったな。でもまあ、たしかにな」

耕之助は首のうしろをなでて笑った。

「花火があがるのはあっちだろ」

里久が北東の空を指さす。それまで四人は欄干《らんかん》に背をもたせかけ、おしゃべりに興じた。

姉妹を挟んで、桃の隣に耕之助が、里久の隣に富次郎が立つ。

「でもさ、こうやってそろうのは久しぶりだよね」

里久がしみじみと言う。日ごろ道で会ったりしても、せいぜい挨拶《あいさつ》を交わすぐらいだ。

みんな、なにかと忙しい。

「どうだ、吉蔵さんが抜けたあとは。だいぶ慣れたか」

耕之助がたずね、里久は橋を渡っていく人を眺めながら、まあね、と答えた。

「吉蔵のようにはいかないけど、なんとかやってるよ。日々精進ってやつさ。ときどき『丸藤』に来てくれるから、そのときにいろいろきいたりしてるんだ」

母の須万の計らいで、丸藤の味噌はいまや吉蔵のところのものだ。吉蔵は月にいちどは味噌を届けにやってきて、ついでに店にも顔を出してくれる。里久はそれを楽しみにも頼みにもしていた。

「耕之助のほうはどうだい」

こんどは里久がたずねた。

「ああ、俺のほうもなんとかやってるよ」

家を出て、長屋でのひとり暮らしもずいぶん馴染《なじ》んだようだ。手ぎわよく飯も炊けるようになったし、魚も焼ける。長屋のみんなともうまくやっているという。

「こいつもしょっちゅう遊びに来るしな」

「兄さんが寂しくないようにだよ」

耕之助の長屋暮らしを寂しがっていた富次郎だが、「平助《へいすけ》さんも呼んで、よく三人で夕飯を食べるんだよ」と自身も楽しんでいるようだ。

平助とは長屋の隣に住む青物の棒手振《ぼてふ》りをしている男で、耕之助の友だちであった。

「桃ちゃんはどうだい」

耕之助は桃に話をふった。

「わたし？　わたしは、なにもかわらないわ」

相変わらず習い事に勤《いそ》しむ日々だ。

「なに言ってんだい、そりゃあ大変なんだから」

里久が耕之助へ身を乗り出した。

「姉さん」

桃は里久の袖をつっと引く。とたんに里久がしまったと口を閉ざしたものだから、

「なにが大変なんだい」

耕之助は心配顔になった。

「別にたいしたことじゃないのよ。習い事がひとつふえただけ」

桃はとっさにそう答えた。嘘《うそ》ではない。この間から須万のすすめで稽古《けいこ》に通っている。

「そう、そうなんだよ。それがお琴《こと》でね。三味線《しゃみせん》も習っているっていうのにさ」

わたしだったら一目散に逃げちゃうよと太い眉をさげる里久に、だろうねえ、と富次郎が声をたてて笑った。しかし耕之助は案じ顔のままだ。

「桃ちゃん、習い事もいいが無理をしちゃあだめだぞ」

桃が、ええ、と素直にうなずいたときだ。ドンッと大きな音が鳴り響いた。

はじまったよと騒ぐ見物人の声に、四人は一斉に空を見あげた。

おしゃべりに夢中になっている間に、辺りはさらに暮れていて、瑠璃紺《るりこん》の空に光の線が枝垂《しだ》れとなって散っていった。周りからおおっと歓声があがる。

「きれい」

桃はため息をもらした。

建ち並ぶ蔵や町家の甍《いらか》で花火は欠けてしまっているが、それでも十分美しかった。夜の色を濃くしてゆく空に、花火は次々と咲く。また枝垂れだよ。あれは大桜だ。いや牡丹《ぼたん》だよ。四人は欄干から身を離してはしゃぐ。

「次はなにかしら」

桃は空を見あげた。と、桃の左手が隣の耕之助の右手とあたった。甲と甲がふれあう。

桃はかっと顔が熱くなり、身がすくんでしまった。恥じらいからすぐに手を引こうとしたが、じんわり伝わってくる耕之助の温《ぬく》もりに、淡くふれあう手を離すことはできなかった。耕之助に聞こえるんじゃないかと思うぐらい胸の鼓動は大きく鳴る。耕之助は気づいていないのだろうか。桃はそうっとうかがった。辺りはすっかり暗くなり、そぞろ歩きの者が掲げる提灯《ちょうちん》の灯りに、耕之助の面輪《おもわ》が浮かびあがる。でもどんな表情《かお》をしているかまでは見えなかった。耕之助は空を見あげたままだ。花火がまたあがった。さっきよりも光を増している。また花火があがった。また――。

「このまま花火がつづけばいいのに」

そうすれば耕之助さんとずっとこうしていられる。

耕之助がふっとこっちを見おろしたのがわかった。想《おも》いがこぼれてしまい、桃の頬《ほお》はますます熱くなる。きっと真っ赤になっていることだろう。けどこの暗さなのだ。耕之助だってこっちの顔は見えやしない。そう思うとほっとした。

「ほんとうだねえ」

そばで里久が呑気《のんき》に言った。

伊勢町の青空には笹竹《ささたけ》が竹林のようにひろがり、五色《ごしき》の短冊や、網や吹流しの飾りが棚引いている。今日は七夕《たなばた》であった。

「お民、おそうめんをたくさん湯がきましょうね」

桃は戸棚からいそいそと皿を出す。

「承知しておりますよ」

民はそうめんの木箱の蓋《ふた》を開けた。

「それにしましても、もう七夕だなんて早いものですねえ」

桃は本当にそうだと思った。川開きの日に吹いた風は湿り気をおびていたが、いま開けっ放しの勝手口から台所を吹き抜けてゆく風は、からっとさわやかだ。日中はまだまだ暑いが、それでも少しずつ秋の訪れを感じさせた。

民とそうめんの束を数えていたら、廊下からきつい声が近づいてきた。

「まったく、おまえときたら」

大きなため息とともに台所へ入ってきたのは長吉だった。うしろからついてくる小僧に振り返り、これで何度目だい、と怖い顔で叱っている。

長吉は髪形のせいばかりでなく、背丈も伸びてぐっと大人っぽくなった。里久や桃のほうが上背《うわぜい》はあったのに、今年に入ってからあっというまに抜かされてしまった。

小僧は板敷きに紅葉《もみじ》のような手をつき、長吉に申し訳ございませんと謝る。

「どうしたの」

桃はきいた。民も束を数える手をとめる。

「またお客さまのお召し物に振る舞い茶をこぼしたんですよ」

長吉はこれで三度目だと嘆《なげ》いた。

「あらまあ」

豆吉《まめきち》は今年の春に丸藤に新しく入ってきたばかりの小僧だ。年は十一で、長吉とおなじ雑司《ぞうし》ヶ谷《がや》の出だ。だからだろう、躾《しつけ》を任されている長吉はなかなか手厳しい。

豆吉は小さな体をさらに小さくし、目に涙をためている。

「次はうまくできるわよ。だってほら、笹に短冊を結んだものね」

口を出すのもどうかと思ったが、膝をそろえて泣くのをぐっと我慢している小僧がなんとも健気《けなげ》で、桃は思わず庇《かば》ってやった。豆吉が手代頭《がしら》に手をそえてもらいながら、振る舞い茶を上手に出せますようにと願い事を一生懸命書いていたのも知っている。丸藤の屋根にあがる笹竹に、豆吉の短冊は揺れていることだろう。

「手代頭さんの昼餉《ひるげ》はすんだし、次は小僧さんたちの番にしたらどうです」

民はそうめんの束を手に土間へおり、さっと釜《かま》の湯に放った。桃は椀《わん》につけ汁をそそぐ。そうめんは水で揉《も》み洗いして締め、皿に盛られた。

「ほらおいでなさい」

桃は豆吉を膳のまえへ座らせた。

豆吉はちらと長吉を見あげる。長吉はまた、はあ、と大きなため息をついた。

「もう、お嬢さんもお民さんも甘いんですから。ついでに言わせてもらいますと里久お嬢さんもです」

長吉は豆吉と並んで座り、ほらいただきますよと箸《はし》をとった。

「きれいだなぁ。おいら、そうめんなんてはじめてだ」

「あらそう。おあがんなさいな」

豆吉は長吉を真似《まね》て、そうめんを汁につけ、つるりと食べた。

「わあ、うまいなあ」

たちまちにっこりだ。が、すぐさま長吉の小言が飛んだ。

「おいしゅうございます、だ。それに、おいらじゃなくて、わたしだよ」

　豆吉はまたしゅんとする。

「いちいちへこむな。まったく、これでもやさしいほうなんだからな。おまえは知らないが、まえはそりゃあ怖い手代さんがいてな、叱られるなんてこんなもんじゃなかったさ」

　桃と民がくすくす笑っていたら、

「誰が怖いって」

　声とともに丸藤の勝手口から男がぬっとあらわれた。噂《うわさ》をすればなんとやら、丸藤の元手代の吉蔵であった。吉蔵はにやっと笑う。長吉はそうめんを盛大にぶっと噴いて、げほげほ咳《せ》き込んだ。豆吉があわてて長吉の背中をたたいてやっている。

「吉蔵、いらっしゃい」

　桃は久しぶりに顔を見せた男を歓迎した。が、すぐに「吉蔵さん」と言い直した。

「ごめんなさい。つい昔の癖《くせ》で呼んでしまうわ」

　もう奉公人ではない、いまはれきとした味噌屋の主人だ。

　吉蔵はいえいえと鷹揚《おうよう》に手をふる。

「わたしもいまだにそう呼ばれたほうがしっくりきますよ。帳場にいてもなんだか落ち着かなくて。だからこうして味噌を運んだりしております」

それを聞いて、丸藤だけにじゃないんですかと民が目を剝《む》いた。

桃だって驚いた。かつての奉公先であり、新たな得意先ともなった丸藤に恩を感じ、ここだけはと、主人自ら運んでくれているのだと思っていた。

「もちろん、こちらへはその気持ちから運ばせていただいております。しかしどうも主人という柄じゃないようで」

吉蔵は頭を掻《か》く。

「あるじになってそろそろ一年になるというのに、なに言っててんですか」

民はもっと堂々としていろと発破《はっぱ》をかける。

「姉さんを呼んでくるわね」

姉の里久は、こうしてたまに顔を見せる吉蔵を心待ちにしていた。しかし吉蔵は、いさんで店にむかおうとする桃をとめた。

「ちょいと暖簾《のれん》からのぞきましたら、お客さまに出ておいでのようでした。しかしなんですか、品物のことをもですが、客あしらいもずいぶんと堂に入《い》んなさって。まえはにぎやかというか、勢いが先にきておられましたが、いまはゆったりとかまえていなさいます」

余裕が出てきたようだと吉蔵はよろこぶ。

「こっちも負けてはおられませんね。お民さん、いつもの所でようございますか」

吉蔵は表の荷車から、よいしょ、と味噌樽《だる》を担《かつ》いできて台所横の納戸《なんど》に運んだ。

していると、耕之助がやってきたのは、吉蔵がちょうど運び終え、民からもらった冷たい麦湯で一服しているときだった。

耕之助は日焼けした顔に白い歯を見せ、暑いねえ、と威勢よく入ってきた。

「桃ちゃん、お民さん、そうめんをお相伴《しょうばん》に来たぜ」

「いらっしゃい、待っていたのよ」

節句やお彼岸《ひがん》、祭りなどの祝いの日に、桃は耕之助を必ず丸藤の台所へ呼んで馳走《ちそう》する。幼い日に交わした約束は、いまもこうしてつづいている。

耕之助は吉蔵に気づいて、おっ、と声をあげた。耕之助にとってはずいぶん久しぶりの吉蔵である。

「達者にしていたかい。商いのほうはどうだい、順調かい」

「へい、おかげさまで。けど主人の柄じゃないと言ったもんだから、お民さんに叱られていたところで」

「ほらほら、積もる話もあるだろうけど、まずは汗を流してらっしゃいな」

話がさらに盛りあがるまえに、桃は耕之助に手拭《てぬぐ》いを渡して井戸端へ背中を押した。そんなふたりの様子に、ここはかわらないなぁ、と吉蔵は懐かしがる。

桃はふふと笑った。花火見物の日からも、耕之助と桃はなにもかわらない。

さっぱりして戻ってきた耕之助に、吉蔵は腰に結わえた風呂敷《ふろしき》包みから、竹皮の包みをひとつ渡して寄こした。

「よかったら耕之助さんもどうぞ」

中身は味噌だという。

「お得意さんをひろげるために、味噌汁二、三杯分の味噌を包んで渡しているんですよ。耕之助さんもうちの味噌を試してみてください」

「へえ、考えたもんだね。さすが元丸藤の手代だ。ありがとう、遠慮なくいただくよ」

「飯にのっけてもうまいですよ」

耕之助が吉蔵から焼き味噌のつくりかたを教示されている間に、桃はそうめんの仕度にとりかかった。

「そうだわ、吉蔵さんもいかが」

桃は吉蔵が民のつけ汁を気に入っていたことを思い出した。

「お民さんのそうめんですか」

吉蔵は喉をごくりと鳴らしたが、せっかくですがと断わりを口にした。

「女房のやつが拵《こしら》えて待っていると思うんで」

吉蔵は実家を継いですぐに女房をもらい、所帯持ちになっていた。

「やっぱりお嫁さんをもらうと違いますねえ」

なんだか丸くなられましたよと長吉がからかう。

「おきやがれ」

吉蔵は長吉の頭を軽く小突いた。久しぶりの掛け合いに、ふたりともうれしそうだ。

吉蔵は照れくさいのをごまかすように、そういやこないだ耕之助さんを珍しいところでお見かけしました、と話をかえた。

「日本橋を南に渡った小松町《こまつちょう》にある舂米屋《つきごめや》で、米を搗《つ》いていなさいましたよね」

そうめんをすすっていた耕之助が、小さく咽《む》せた。

「なんだ、見られていたのかい」

「お知り合いのところかなにかで」

「いいや」

耕之助は大和屋の卸し先に米を運んでいたとき、たまたま見かけた舂米屋だと答えた。

「あの店は年老いた夫婦だけでやっていてな。ちょいと米搗きを手伝ってやったら、そりゃあよろこんでくれてな。こっちは買いに来るお客の顔が直《じか》に見られておもしろいしで」

それからちょくちょく寄っているのだという。

「わかります。米問屋は仲買《なかがい》に品を納めて終わりですからね。顔を合わせるのは、たいがい決まった者ですし」

「そうそう。そこへいくと舂米屋の客はいろいろさ。長屋のおかみさんや、飯屋の親父《おやじ》や。いつか自分で米を扱う商いをするなら、俺はあんな舂米屋がしたいなあ」

耕之助が自らの先行きを思って具体的な商いを口にしたのは、はじめてのことだった。小皿に薬味の葱《ねぎ》をたしていた桃は、驚いて耕之助を見つめた。

耕之助がはっとした。

「ははっ、戯言《ざれごと》だよ。いくら望んだって、しょせんははかない夢語りさ」

己《おのれ》が口走ったことを打ち消すようにあわてて言って、勢いよくそうめんをすすった。その姿に桃は、いや、周りにいる者たちはみな、耕之助の現実を思い、胸がふさいだ。

大店《おおだな》の下《くだ》り米問屋「大和屋」の次男坊。だが耕之助は外に出来た子であった。家の者たちとは反《そ》りがあわず、身内の縁を切り、家を出て、いまは大和屋の人足として働いている。

これから耕之助はどうなるのだろう。

「うめえよ、桃ちゃん。お民のつけ汁はやっぱ飛びきりうまいな」

耕之助は明るく笑う。

「そう、よかったわ」

桃は耕之助に微笑《ほほえ》むことしかできない。民もだ。そして吉蔵や長吉も。

耕之助は皿のそうめんをあっというまに平らげると礼を言って、暑い荷揚げ場へと戻っていった。

「そいじゃあ、わたしもこれで」

吉蔵は小僧の豆吉に「丸藤で奉公できることは、すごいことなんだぞ」とやさしく諭《さと》して帰っていった。見送りに出ていた桃は、眩《まぶ》しい外から板敷きへ振り返った。

「ねえ長吉、ちょっとお願いがあるのだけど」


桃は中庭の蔵のそばで手をかざし、丸藤の屋根を見あげた。隣には里久もいて、おなじように見あげている。

「お嬢さん、つけましたよお」

屋根の物見台で長吉が声を張る。

「ありがとう、長吉」

桃は長吉に頼んで、新たに短冊を一枚、七夕の笹竹につけてもらった。短冊には「耕之助さんの望みが叶《かな》いますように」と認《したた》めた。

「叶うといいな」

里久が風に翻《ひるがえ》る七夕飾りを眺めてつぶやいた。姉には耕之助の話を伝えていた。

「姉さんの願い事は――」

「そっ、今年も吉蔵のようになれますように、だよ。だけどね、どっちか叶えてやるって言われたら、耕之助のほうを頼むよ。桃のためにもね」

「わたしの？」

「だってさ」

母親の須万はもちろんだが、いくら寛大な父親にしたって、先行きが定まらない男に娘を嫁がせるのをよしとしないだろう。それがたとえ耕之助であっても、と里久は言う。

「けど耕之助がこれだっていう生業《なりわい》を持ってごらんよ、桃をお嫁さんにできるだろ」

「姉さんたら」

こうやって天に叶えてくれと頼むことしかできないのに、それこそはかない夢語りだ。でも、もし、そんな日がきたら。

耕之助さんのお嫁さん――。

桃は耕之助にふれた左手を胸にあてた。

「それにしても耕之助が米を搗いているとはね。いちど見てみたいもんだよ」

里久は笹竹から桃に目を戻して、にっと笑った。


その機会は案外早くに訪れた。

桃が須万と京橋《きょうばし》南にある須万の実家へ、到来物をお福《ふく》分《わ》けに届けた帰り道でのことであった。にぎやかな通り二丁目を歩いていたら、供をしていた豆吉が「あっ、耕之助さんだ」と指さした。須万は「これ、そういうときはいらっしゃいますと言うものです」と小僧を嗜《たしな》めていたが、桃は急いで豆吉の指さす通りの先に目をやった。尻端《しりは》折《しょ》りに空の荷車の梶棒《かじぼう》を引いた耕之助が、横道から出てきたのをすぐに見つけた。しかし耕之助は桃に気づかない。そのまま通りを横切って、式部小路《しきぶこうじ》へと入っていく。

桃はすぐにぴんときた。吉蔵さんが話していた舂米屋さんだわ。

「おっ母《か》さま、ちょっと寄り道してもいいかしら」

渋る須万の返事を待たず、桃は耕之助の後を追うように小路へ曲がった。

通りの角に立った桃から、向かいの舂米屋はよく見えた。

板戸が外された狭い店土間に唐臼《からうす》と米俵があるだけの、小さな舂米屋だった。腰高障子に「武蔵屋《むさしや》」とある。天井に吊りさげられた菰《こも》には鶏が飼われていて、羽をばたつかせていた。

耕之助は梶棒をおろすとさっそく米搗きを手伝いはじめた。店の主人だろう、老いた男が「耕《こう》さん、いつも悪いねえ」と礼を言っている。その呼びかけに、耕之助への親しみの深さがうかがえた。耕之助がここへ頻繁《ひんぱん》に来ていることもわかる。勝手知ったるで、足踏みの唐臼をがったんごっとんと、力をこめて踏み押して米を搗いている。土埃《つちぼこり》と糠《ぬか》がうっすらと漂う中、耕之助の額に汗が光る。

近所のおかみさんたちだろう、笊《ざる》や麻袋を手にして米を買いにやってきた。耕之助が「いらっしゃいっ」と威勢よく迎えている。

精米が入っている桶《おけ》がふたつあり、それぞれに産地と値が書かれた木札《きふだ》が挿してある。

「これをおくれな」

おかみさんたちが指し示す米を、耕之助は枡《ます》で量り、袋へ入れてゆく。

「ちょいと、昨日より少なくないかえ」

「そうだよ。なのにお足はしっかり分捕《ぶんど》るつもりかい」

おかみさんたちは文句をたれる。

「やれやれ、ご新造《しんぞう》さま方にはかなわないな」

耕之助は慣れたもので、軽口で返す。

「やだよ、ご新造さまって、あたしのことかい」

おかみさんたちは大口をあけて笑い、耕之助の腕をぶった。耕之助はわざと大げさに痛がって、さらにおかみさんたちを笑わせる。桃ははらはらと見ていたが、耕之助はそんな掛け合いをも楽しんでいるようだ。

「なんだえ、あれは」

横で須万が青眉《あおまゆ》をひそめた。桃は耕之助がここを手伝っていることを教えた。

「耕之助さんね、こういうお店がしたいんですって」

「こんな小さな米屋をかい」

須万はぎょっとした。

たしかに桃が知っている舂米屋とは違っていた。丸藤出入りの舂米屋はもっと大きい。唐臼も何据えもあり、広い土間に産地別に精米された米が、大盥《おおだらい》に木札を挿してずらりと並ぶ。汗など流していない、こざっぱりした奉公人たちが注文を取りに来て、丸藤へと運んでくる。それも俵でいくつもだ。それにくらべると須万が言うように、目の前の店は小さかった。でも活《い》きいきと働く耕之助をこうやって間近で見れば、耕之助がぽろりと吐露《とろ》したことは真《まこと》の気持ち、戯言《ざれごと》なんかじゃないことが桃にはわかった。

客は次々とやってくる。手がたりなくなったようで、奥から主人の女房も出てきた。夕《ゆう》餉《げ》の仕度をしていたのだろう、濡《ぬ》れた手を前掛けでふいて「いらっしゃいまし」と客を迎えている。

「おかみさんも店に立つのね」

女も大事な働き手のひとりのようだ。

白髪に夕陽《ゆうひ》を受け、客を見送っていた女房が、ふいっとこちらを見た。桃に気づいて小腰をかがめる。主人も桃に気づいたようだ。怪訝《けげん》そうに辞儀をする。桃も辞儀を返した。

「桃、帰りますよ」

急に須万が強い力で桃の腕をとった。

「でもおっ母さま」

耕之助はまた米を搗いている。桃は声をかけたかった。が、須万は桃の腕をとったまま足を速め、どんどん大通りへ引き返してゆく。桃はうしろ髪を引かれつつ、しかたなしに母親に従った。

「耕之助さん、楽しそうでしたわね」

桃が話しかけても、須万は丸藤に戻るまで口を閉ざしたままだった。

今年の盂蘭盆《うらぼん》は、姉の里久は父の藤兵衛と品川へ行った。父の妹、里久にとっては育ての親である叔母《おば》の墓参りだ。一昨年は丸藤に慣れるのに精一杯。そして去年は、吉蔵が店をやめるにあたって覚えなければいけないことが山ほどあり、品川に行っている場合ではなかった。だから伊勢町に戻ってから、はじめての品川行きであった。

浜から戻ってきた里久は晴れやかな顔をしていた。

「おかえり姉さん。品川はどうだった。みなさんお元気でした」

「桃、ただいま。うん、みんな元気にしていたよ」

里久は桃に貝殻の土産《みやげ》をくれた。薄黄色をした巻貝だ。小さな角《つの》がいくつもある。

「まあ、かわいらしいわねえ」

姉の真似をしてそっと耳に近づけると波の音はしなかったが、かすかに磯の香りがした。

「桃、向こうはなんにもかわってなかったよ。浜につづく道は白くて、粉々になった貝の欠片《かけら》が下駄の歯にじゃりじゃり鳴って。海も船も、家の薄暗い囲炉裏端《いろりばた》も、叔父《おじ》さんの渋皮色した顔の深い皺《しわ》も、みんなそのままだった。そうだ、太一郎《たいちろう》兄さんはかわったよ。網元を継いで逞《たくま》しくなってた」

そしてやっと叔母の墓参りができたと、姉は遠い目をして話してくれた。

「そう、よかったわね」

桃はまた耳に貝殻をあて、姉と一緒に目をとじた。

だが、丸藤にとってよくないことがひとつだけおこった。藪入《やぶい》りで雑司ヶ谷の家に帰っていた豆吉に里心がついてしまったことだ。こっちに戻ってきてからというもの、夜にめそめそ泣いたり、おねしょまでする始末だ。番頭は帰すのが早すぎたと嘆き、長吉や手代頭の惣介が叱ったりなだめたり。桃や、浜から戻ってきた里久もなぐさめた。それでも豆吉のめそめそは治らない。長吉は思案したあげく番頭に許しをもらい、豆吉を丸藤の物見台にのぼらせた。うえでなにを話したのか、おりてきた豆吉は「雑司ヶ谷って案外近いんですね」と、えへへと笑った。日ごろは豆吉に小僧としての躾を厳しく教えている長吉だが、己も十一で奉公にあがった身だ。豆吉の寂しい気持ちはいちばんよくわかるのだろう。

こうして豆吉が奉公の暮らしをまたつつがなく送れるようになったころには、暦《こよみ》は八月にかわり、里久が店の小座敷に飾る花も薄《すすき》や杜鵑草《ほととぎす》となり、秋の深まりを知らせていた。

春米屋の老主人が昼下がりの丸藤を訪れたのは、そんなころだった。

「お嬢さん、それじゃあ参りましょうか」

桃はお勝手から民を供に、三味線の稽古に出かけようとしているところであった。そこへ衣擦《きぬず》れがして里久が顔を出した。

「よかった。間に合った」

里久は台所へ入ってくると、藤兵衛に来客があったことを桃に教えた。桃もいまさっき番頭が奥へ案内するのを、ここからちらりと見て知っていた。

「それがさ、ほら、耕之助が手伝っているっていう、春米屋の主人みたいなんだよ」

約束もなしの訪《おとな》いだったが、耕之助のことで来たと聞いた番頭は、主人の藤兵衛に取り次ぎ、それじゃあ会おうということになったらしい。

「耕之助さんのことって？」

なんなのかしら。問う桃に、里久はさあと首をひねった。そこへ番頭がやってきて、民にお客さまへ茶を出すよう告げた。民は抱えていた三味線を置き、いそいで仕度にかかる。

「なんのご用なんだい」

里久がすかさず番頭にきく。しかし番頭もさっきの里久とおなじように、さあ、と首をひねるばかりだ。

「難しいお顔をされていたようにお見受けいたしましたが」

いったいなんなのかしら。桃の胸はざわついた。

「お民、お茶はわたしがお出しするわ。それから今日のお稽古はお休みするから」

民は承知して、煎茶《せんちゃ》のよい香りが漂う盆を渡してくれた。

桃は受けとって、台所を出た。

廊下を奥へすすむと客の声が聞こえてきた。客は藤兵衛に突然の訪問を詫《わ》び、

「いやはや、こんな大店のお嬢さんが自ら商いを」

と里久が店に立っていることに驚き、感心していた。

桃は客間の奥座敷のまえで膝をそろえ、中へ声をかけた。障子を開け、座敷に入ると手をつき、おいでなさいませと挨拶した。

「これはまたお美しいお嬢さんで」

「恐れ入ります。店に立っていたのが姉で、これはその下の娘でして」

藤兵衛が紹介する。

「桃でございます」

桃は辞儀をした。主人は、こりゃあごていねいにと返礼する。

「手前は小松町で武蔵屋という舂米屋を営んでおります、友蔵《ともぞう》でございます」

友蔵は茶を出す桃をしげしげ見て、おや、という顔をした。

「はてさて、どこぞでお目にかかったような」

どうやら桃を憶《おぼ》えていたようだ。

「あの、少し前に通りから……」

桃は悪戯《いたずら》を見つけられたような気になった。

友蔵は「ああ、あのときの娘さんか」と膝をうった。

「桃、こちら様を知っているのかい」

「ええ、じつは」

桃は母親の実家からの帰り、春米屋を手伝う耕之助を見に行ったのだと藤兵衛へ話した。

「あのときは、ご挨拶もせずに失礼いたしました」

詫びる桃に友蔵はいやいやと手をふり、今日はその耕之助のことでやってきたと告げた。

「でしたら、わたしもお話の場に同席させてもらってもよろしゅうございますか」

桃は友蔵と藤兵衛、両方にうかがいを立てた。

「お嬢さんも、でございますか」

戸惑う友蔵に、藤兵衛は幼馴染みなのですよ、と桃と耕之助のふたりの間柄《あいだがら》を教えた。

「それで娘はいろいろ気にかけておるのです」

友蔵はごらんになっておいでだったのはそういう訳かと合点し、「それでしたら、ぜひとも話を聞いていただきたい」と桃の同席を快諾した。

「おいしゅうございますなあ」

友蔵は茶で喉《のど》を湿らすと、そろそろ隠居を考えているのだと自身のことを話した。

「わしもこのとおり年でして。年々力仕事にも難儀するようになりまして」

桃は唐臼の重たそうな足踏みを思い出した。老いた体で毎日あれを踏むのはつらかろう。とおりかかった耕之助が見かねて手伝ったのだろうと推察した。

友蔵はいままで十分働いたと節くれだった手をさする。

「女房もそうしようと言ってくれまして」

商いを退いたあとは、女房の故郷《さと》の所沢《ところざわ》に引っこみ、畑をして暮らすつもりだという。

「ついては後のことなのですが、春米屋を耕さんにしてもらえまいかと、そう考えておりまして」

えっと桃から声が出た。聞き間違いかと耳を疑った。

「それは、本気でおっしゃっておいでで？」

藤兵衛もおなじに思ったようで、主人にたしかめる。友蔵はもちろんだと言った。

「そりゃあ小さい店でございます。お嬢さんがごらんになったとおりです。客も長屋の住人がほとんどで」

米をいちどにたくさん買える者なぞそういない。おかみさんたちが銭を握りしめ、その日にいるぶんだけ買っていく。付けも多い。その付けを待ってくれと泣いて頼む者もいる。

「うちはそういう店でございます」

そういう者たちに寄り添い、また助けられてもきたと友蔵は話す。

「みな貧しいですが、あっちの米屋が安いといって、ほかの店に走らない義理堅いところがありましてな」

友蔵は自分たちに代わって商う者は、このお客たちを大切にしてくれる者でなければならないと力む。

「耕さんなら、そんな主人になってくれるに違いない。わしも女房もそう思いまして」

桃の脳裏に、客と笑い合っている耕之助が蘇《よみがえ》ってきた。耕之助の望んだことが現実となる。思いもかけないことに、桃の胸のざわつきは、高鳴りへとかわっていく。

「すぐにでも耕之助さんに話してあげてくださいませ」

桃は興奮した。しかし友蔵は、すでに耕之助に話したのだと告げた。

「土地は借地だ。そのまま使えるよう地主にわしから話をつけておくから、家と舂米屋の株を買ってはくれまいかと持ちかけました」

「それで耕之助さんはなんて」

桃には耕之助の驚く顔が目に浮かぶ。どんなによろこんだことだろう。だが友蔵は顔を曇らせた。

「耕さんは、そんな金はないと笑うばかりで」

それを聞いて、桃の胸の高鳴りは疼《うず》きとなった。そうなのだ。いくら耕之助が望んだからといって、手に入れるにはいくつもの高い壁がある。その最たるものが金だった。七夕の日、耕之助が抱える現実を思い、苦しくなったではないか。

どうすることもできないやるせなさに、桃は唇をきつく嚙《か》んだ。

「そんなお顔をなされるということは、お嬢さんは耕さんの事情をご存じなんですねえ」

そりゃあ幼馴染みですものなあ、と友蔵はつぶやいた。

友蔵は耕之助の生い立ちを知らなかったと言った。

「わしだって、ただの人足にこんな話はしません。人伝《ひとづ》てに耕さんが大和屋さんのお血筋だと知って、持ちかけたのでございます。家の力を借りれば容易なことだと思っておりました。耕さんにもそう話しました」

――どこぞの大店への婿《むこ》入りが決まっておいでか。それとも暖簾分けして、もっと大きな店を構えなさるか。

「大店の次男ならありえることでございます。だから体《てい》よく断わられたのかと。しかし耕さんはどちらでもないと首をふんなさった。そして大和屋とは縁が切れていると内輪話をしてくれました」

――俺は外に出来た子でね。

「だから大和屋の力は借りられないんだと。年寄りはそういう事情は疎《うと》いものでして」

いまから思えば惨《むご》いことを持ちかけたもんだと友蔵は悔やんだ。

「わしはてっきり大和屋さんは商いの修業として、息子を人足とおなじように扱っていなさるもんだと思っておりましたから。さすが大店の主人は違うと」

しかし事情を知ったら知ったで、はてと思った。縁が切れているのに、どうして大和屋で働いているのかと。友蔵は素朴な疑問を耕之助にぶつけた。

「耕さんは、俺は米が好きなんだ。米搗きもうまくなったろと、おどけておりました」

だったらなおさら耕さんに店をしてほしい。なんとかならんものかと言いかけて、友蔵は言葉を飲みこんだ。

「そりゃあ悔しそうに店を見あげていなさった。耕さんのあんな顔を見たら言えんかったというのが正直なところでして」

そのときの耕之助の胸のうちを推し量り、桃は苦しくなった。

「わしは耕さんが不憫《ふびん》でならんのです」

友蔵の声が大きくなる。

「どうにかできんもんかと、わしなりに耕さんのことを聞いてまわりました」

そして耕之助が住む長屋の差配から、藤兵衛が後見人であることを知らされたという。

「わしはもう一度、耕さんに店の話を持ちかけました」

友蔵は話を遮《さえぎ》ろうとする耕之助に、大和屋の力を借りられないというなら、丸藤の旦那さまのお力をお借りしたらどうかと提案した。

「耕さんは、最初はぽかんとして、ちょっと考えさせてくれと言って帰っていきました」

その顔はけっして暗いものではなく、むしろ驚きと希望が綯《な》い交《ま》ぜになったものだった。

「わしは丸藤の旦那さまに相談に行くものとばかり思っておりました。これでいい返事が聞けると」

しかし、しばらくしてあらわれた耕之助は、この話をふたたび断わった。

――そこまで俺のことを考えてくれてありがたい。けど、申し訳ない……。

そう言って頭をさげたという。

「丸藤に行ってみたのかときけば首をふる。おまけに」

――俺はこのままでいい。

「なんでだ、どうにも納得いかん。けど女房のやつに言われました。簡単に力を借りろといっても、平たくいえば借金を頼むことだ。それも大きな金だ。そりゃあ二の足を踏むのも当たり前だ。若い者はなおさらだ。頼みだってしづらかろうと。わしもそりゃそうだと思いました。だから次に耕さんが来たとき、わしは言いました。わしも若いころは苦労した、こつこつ働いて返していけばいい。頼みづらいなら一緒に行こうと」

友蔵がそこまで言葉を尽くしても、それでも耕之助の気持ちはかわらなかった。

じゃが――と友蔵はつづける。

「耕さんはこのまま人足で終わるような若者じゃねえ。どうにかしてやりたい。わしができるのは、値を抑えるだけ抑えることだ。なに、さっきも話しましたが、夫婦ふたりで田舎《いなか》に引っこんで暮らしていければそれでいい。それでも、若い耕さんがひとりでどうにかできる額でないことは十分承知しております。ですから」

友蔵はひしと手をつき、藤兵衛をしっかかと見た。

「丸藤の旦那さま、前途ある若者の独り立ちのよい機会でございます。こちらさまにお力添えをしていただきたく、こうして厚かましくうかがった次第でございます。なにとぞ、なにとぞ」

友蔵は畳に額を擦《こす》りつけ、藤兵衛へ懇願《こんがん》した。

こんなにも耕之助のことを思ってくれるおひとがいたとは。桃は感謝してもしきれない。

「お父《と》っつぁま、わたしからもお願いします。どうぞ耕之助さんの力になってあげて」

桃は藤兵衛に縋《すが》った。

それまで黙って友蔵の話を聞いていた藤兵衛は、ふっと短く息をついた。

「わたしも耕之助のことは考えていたのだよ」

丸藤で働くことを拒み、米に関わりたいと告げた耕之助である。はてさてどのような道があるものか。藤兵衛は考えあぐねていたと白状する。

「それじゃあ」

「ああ、力を貸すのは惜しまないさ」

藤兵衛は桃にうなずいた。

「旦那さま、ありがとうございます」

友蔵は顔をしわくちゃにして藤兵衛へ両手を合わせる。

「おやめください。礼を言うのはこちらのほうです。耕之助のことでこんなにも親身になってくださり、道までつけていただいた」

このとおりです、と藤兵衛は友蔵に深く辞儀をした。

桃も藤兵衛につづいて深々と頭をさげた。

「このことを耕さんが知ったら、どんなによろこぶことか」

友蔵は二、三日のうちには改めて耕之助とうかがうと約束して、晴れやかな顔で帰っていった。

藤兵衛は桃とふたりきりになった座敷で、やれやれと息をつく。

「なにはともあれよかったよ。それにしても耕之助はよい御仁《ごじん》に巡り合えたものだ」

「ええ、ほんとに」

桃は清々《すがすが》しい気持ちで障子を開け放った。秋の青い空に、桃は風に吹かれる七夕飾りを思い出す。長吉に頼んで結んだ短冊を。

「もう、夢なんかじゃないのね」

桃は耕之助が訪れるのを今か今かと待った。しかし、友蔵が約束した二日が過ぎ、三日が過ぎても、ふたりは姿を見せなかった。桃は焦《じ》れて耕之助を探しに橋に行ったりしたが、こんなときにかぎって見つからない。

五日目になってやっと来たと思ったら、あらわれたのは友蔵ひとりであった。

「申し訳ございません」

奥座敷に迎えるなり、友蔵は畳に這《は》い蹲《つくば》るようにして藤兵衛へ詫びた。

「耕之助が断わったと」

藤兵衛は低く唸《うな》る。

「どうして……」

今日も同席していた桃は、悲嘆のあまり次の言葉が出てこない。

「丸藤が助けると、よくよく話してくれましたか」

藤兵衛が念を押《す》すのへ、友蔵は「それはもう」と答えた。

「力を貸したくても耕之助が拒んでいるなら、どうにもならん」

憤然《ふんぜん》とする父親を、桃はそんなことおっしゃらないでとなだめた。

友蔵は、わしが出過ぎたのがいけなかったのかもしれませんと肩を落とした。

「勝手なことをしてくれるなと、耕さんに怒られました。それでもわしがしつこく言うもんで、もう店にも来てくれんようになりました」

「そんなっ……」

桃は立ち上がった。

「わたし、耕之助さんに会ってきます」

藤兵衛は娘が派手な足音をさせて、廊下を遠ざかっていくのを聞いていた。これ里久、と須万の叱る声がする。「まあ、桃じゃありませんか。なんですか、おまえまで」須万が青眉を吊りあげるさまが藤兵衛にはありありと見える。

まったくあの桃に廊下を走らせるとは。耕之助にも世話が焼ける。しかしだ。藤兵衛は腕を組んで考えこんだ。幼いころから不遇つづきの人生に、やっと運がめぐってきたというのに、あいつはいったいなにを躊躇《ためら》っているのか。

藤兵衛はそこでふと廊下へ目をやった。ひょっとしてあいつ——。

「友蔵さん、もう一杯茶を付き合ってください。そのあとで、わたしたちも参りましょう」

藤兵衛は手をたたいて女中を呼んだ。

「おい、新しい茶を淹《い》れとくれ」

桃は弾む息を整え、橋の欄干に身を乗り出した。荷揚げ場に耕之助の姿はあった。

「耕之助さんっ」

桃は大声で耕之助を呼んだ。須万に知れたら、はしたないとまた怒られるだろうがかまわない。耕之助がこっちに振り仰ぎ、面食らったように目を瞬《しばた》いた。が、いつものように「やあ、桃ちゃん」と笑って手をあげた。ようよう、おふたりさん、と周りの人足たちが囃《はや》したてる。しかし恥じらいもせず、硬い表情の桃に冷やかしはやんだ。

「なんだ、怒ってんのか」

「なにやらかしたんだよ」

「それにしても睨《にら》んだ顔もきれいだなぁ」

人足たちは口々に言う。

耕之助は担いでいた俵をほかの人足に渡して、こちらへ足早にやってきた。

「どうしたんだい、そんなおっかない顔をしてさ。桃ちゃんらしくないぞ」

「いま友蔵さんがいらして、そりゃあ残念がっておいでだったわ。ねえ、なぜなの」

顔から滴る汗を手の甲でぬぐっていた耕之助が、たちまち渋《しぶ》っ面《つら》をつくった。

「なんだ、桃ちゃんも知っていたのかい。まったくお節介な爺《じい》さんだろ」

「なんてこと言うのよ。あんなに耕之助さんのことを思ってくれているっていうのに。それに、こんないい話はめったとないんじゃなくて。お金のことなら、お父っつぁまが力を借してくださるって聞いたでしょ」

こつこつ返していけばいい。桃は友蔵の言葉をくり返した。しかし耕之助は首をふった。

「どうしてなの。わたし、わからないわ。だって耕之助さんの望んだことが叶うのよ。春《つき》米屋《ごめや》がしたいって話してくれたじゃない」

なのに、なぜ断わるのか。

「あれは戯言《ざれごと》だって言ったろ」

耕之助はへらりと笑う。

「それにさ、ほら吉蔵さんが話していたろ。店の主人って柄じゃないって。あれとおなじさ。俺もそうだなって思ったんだよ」

「嘘っ」

桃は叫んだ。

「嘘じゃないさ」

「いいえ、嘘よ。怖《お》じ気《け》づいているんでしょ。意気地がないのね！」

「なんだと、桃ちゃんでも許さねえぞ」

耕之助は気色《けしき》ばんだ。

「なによ。ほんとのことじゃないの」

桃だって怯《ひる》まない。耕之助をキッと睨んだ。耕之助もだ。睨み合うふたりを、橋の下の人足たちがはらはらと見守る。よう、どうなっちまうんだよう、とざわついている。

桃、と声がした。振り返ると橋のたもとに藤兵衛が立っていた。うしろに友蔵もいる。

「お父っつぁま」

藤兵衛は娘にうなずき、友蔵とともにやってきた。

「親父《おや》っさん、また勝手に」

友蔵を責める耕之助に、藤兵衛は商人の厳しい目をむけた。

「耕之助、断わるのはおまえの勝手だ。だがな、おまえもう二十二だ。この話を蹴って、この先おまえはどうするつもりだ」

耕之助は藤兵衛から目をそらした。藤兵衛の声はつづく。

「武蔵屋のご主人は、おまえを見込んで店を持てる機会を与えてくれた。これはおまえにふってきた運だ。その運を摑《つか》むために力を貸そうという者がいる。これもまた運。どちらもおまえが引き寄せたものだ。それをみすみす逃すのは愚の骨頂というもの。そんなことは、大和屋の商いを見てきたおまえならわかるはずだ」

なあ、耕之助、と藤兵衛はうつむく若者を呼ぶ。

「おまえはなにに囚《とら》われている」

「囚われているって……」

桃は父親から目を耕之助へ転じた。耕之助の顔は苦渋に歪《ゆが》んでいた。

「耕之助、おまえの胸のうちにあるものを、いまここでぜんぶ吐いちまえ」

耕之助は押し黙っている。しかし、心の重い蓋がゆっくり開くように唇を動かした。

「俺は、ずっと大和屋の厄介者《やっかいもの》だ。なにを願っても望んでも叶わない。そう幼いころから叩《たた》き込まれてきた」

大人になってからもおんなじだ。長屋でひとり暮らしができただけでも厄介者には御《おん》の字だ、と耕之助は言う。

「いまだってそうさ。望んでも、それは叶えるもんじゃねえ。笑い話にするものさ」

なのに、突然に現実味をおび、目の前にあらわれた。

「桃ちゃんの言うとおりだよ。意気地がないんだ。怖いんだよ」

耕之助は桃に顔をむけた。

「なあ、桃ちゃん……。俺は運を摑んでいいのか。厄介者の俺がこんな幸せに手を伸ばしても——」

耕之助の目が不安に震えていた。

桃の脳裏に耕之助がいなくなったときのことが蘇ってきた。

耕之助は別れた母親の家の前でひとり蹲《うずくま》っていた。

——桃ちゃん……どうして。

迎えに行った桃を見あげたあのときの目を、いまの耕之助はしていた。

いいや、はじめて橋のうえで会ったときも、こんな目で眩《まばゆ》い堀の水面《みなも》を眺めていた。

丸藤の台所で、節句や祝いの日に呼んでくれるかいときいたときも。

桃が拵《こしら》えた正月の含め煮を食べていたときでさえ、

——うまいよ桃ちゃん。

いつもいつも、耕之助は不安げな目で桃を見つめていた。

「なに言ってるのよ、耕之助さんが望むなら叶えていいの、幸せになっていいのよ！」

桃は耕之助の両の腕を摑んで揺すった。

「当たり前じゃない、誰に遠慮がいるものですか！」

「桃ちゃん……」

耕之助が桃に驚嘆の眼差《まなざ》しをそそぐ。口の中で「ほんとにそれでいいのか」と、くり返す。そのたびに桃は大きくうなずいた。しだいに耕之助の目に光が宿った。幾重《いくえ》にも巻きついたしがらみをふりほどくように、光はどんどん強くなってゆく。

「……お、親父っさん」

耕之助が友蔵へすすみ出た。

「親父っさん、すみませんでした。改めてお頼みします。どうぞ俺に店をやらせてください。お願いします」

耕之助はすぐさま藤兵衛へも願い出る。

「丸藤の旦那さま、俺に力をお貸しください。このとおりです。お頼み申します」

さげた頭に血がのぼり、顔を真っ赤にする若者を友蔵は抱きかかえた。

「ああ、もちろんだとも」

藤兵衛は大店のあるじらしく、柔らかいが、どっしりとした口調で言い放った。

「万事承知した」

「あ、ありがとうございます」

「よかったわね、耕之助さん」

「桃ちゃん、ありがとう」

はじめて屈託《くったく》なく明るく笑う耕之助に、桃の胸は熱くなる。

「おい、よかったな」

橋の下で成り行きを見守っていた人足たちから声が飛んできた。よくわからねえが、よかったよかったとよろこび騒いでいる。

いつのまにか辺りは早くも夕映えで、堀の水面に夕陽がきらきら輝いていた。


耕之助は大和屋の店先に立った。屋根には金看板が強い陽射しを受けて光っていた。

橋のうえで藤兵衛と友蔵に頭をさげたあの日から、数日がたっていた。その間に藤兵衛も同席のうえ話し合いがもたれ、耕之助は友蔵から仕事を教わりながら藤兵衛の力を借りて、店の引き継ぎの手続きをしてゆくことに決まった。

「それには大和屋から暇をもらわないといけないが」

それでもいいのかい、とたずねる藤兵衛に、耕之助はうなずいた。

「近いうちに行って、暇を願い出ます」

「そんならわしも同行しよう」

友蔵は大和屋の旦那さまにわしからも挨拶を、と言ってくれたが耕之助は断わった。

「人足ひとりがやめるだけさ。ひとりで十分だよ」

それに会ってくれるかどうかもわからない。しかしできることなら、耕之助は己の決めた道を父親に直に伝えたかった。藤兵衛は「本当にひとりで平気かい」と念を押す。これまでの耕之助への態度を知っているものだから、心配したのだろう。耕之助は大丈夫だと答えた。

「そうか。そうだな、そのほうがいい。気張れよ。それからな、卑屈になるな」

藤兵衛は耕之助の肩を力強くたたいた。

昼八つ（午後二時ごろ）の割と暇なころあいを見計らってきたからか、大和屋の通りはのんびりしていた。店も数人の奉公人が出入りしているだけだ。

耕之助はお仕着せの襟元《えりもと》をなおした。汗は井戸端を使わせてもらって、洗い流してきた。

「よしっ」

耕之助は気合いを入れて暖簾をくぐった。

店内はひんやりしていた。明るいところから薄暗い店内に目が慣れてくると、兄の喜一《きいち》郎《ろう》が帳場に座っているのが見えた。久しぶりに会う兄だ。猫背をさらに丸めて算盤《そろばん》を弾《はじ》いている。喜一郎も入ってきた耕之助に気づいたようだ。店の隅へ行けと顎《あご》をしゃくる。

耕之助は従った。喜一郎は算盤をガシャリと鳴らし、こちらへやってきた。

「なにしに来た」

喜一郎は迷惑そうにきいてきた。

「旦那さまに会わせてもらいたくて参りました」

「人足がなんの用だ」

「……じつは」

この兄に話さなければ取り次いでもらえない。耕之助は店から暇をもらいたく、重右衛《じゅうえ》門《もん》に許しをもらいに来たのだと告げた。

「暇乞《いとまご》いに来た、そう言うのかい」

喜一郎は驚いて目をみはった。

「へい、ですから旦那さまにお目通りを」

喜一郎はそれでも取り次ぎたくないようだった。が、そこへ足音がして大和屋の主人、重右衛門が奥から出てきた。供の者もいる。これからどこかへ出かける様子だ。

喜一郎はちっと舌打ちし、「お父っつぁん、ちょいとよろしいですか」と重右衛門へ寄っていき、耳打ちした。

座敷縁に立った重右衛門は、店土間の耕之助を見おろした。

「ここをやめてどうする」

額に刻まれた幾筋もの深い皺。険《けわ》しい目。耕之助の体は緊張で強張《こわば》った。話す段取りは何度もさらってきたというのに、頭が真っ白になった。ごくりと唾を飲みこむ。

卑屈になるな――。

そうだ。耕之助は藤兵衛に力強くたたかれた己の肩を摑んだ。大きく息を吐く。すっと背筋を伸ばし、重右衛門をまっすぐ見つめ、言った。

「俺は、春米屋をしようと思っています」

落ち着きを取り戻した耕之助は、友蔵から店を譲り受けること、そのために丸藤の主人である藤兵衛に力添えをしてもらうことを報《しら》せた。横で聞いていた喜一郎がたいそう驚いている。重右衛門も薄い唇をひん曲げた。だがそれだけだった。藤兵衛に相変わらずお節介なやつだと呆《あき》れ、耕之助には、

「好きにしろ」

そう言っただけだった。奉公人が土間にそろえた草履《ぞうり》に足をおろし、そのまま店の門口へむかう。喜一郎があわてて「いってらっしゃいまし」と見送る。

耕之助は父親のひろい背へ深く頭をさげ、別れを告げた。

「長い間、お世話になりました」

手代が暖簾を捲《まく》ったのだろう、一瞬、耕之助の足許に重右衛門の影が伸びたが、暖簾が戻るのと同時に消えた。

とにかく父に伝えることができた。耕之助は安堵《あんど》とともに、ゆっくりと頭をあげた。

すると喜一郎の眇《すが》めた目が耕之助を待っていた。

「へえ、長屋の次は店かい」

喜一郎は薄ら笑いを浮かべる。

「恐れ入るよ。思えば昔からそうだったな。周りの者たちはなにかとおまえに手を貸した。そしておまえは、さもひとりで出来たような面《つら》して、すましていやがった」

「そんなこと」

耕之助は首をふった。

「いいや、そうだった。幼いころからずっとな。そしてわたしは、大人たちに哀れむような、いや違うな、蔑《さげす》むような目で見られたよ。耕之助は出来るのにおまえは出来ないのか、大和屋の長男なのに、ってね」

うんざりだっ。喜一郎は吐き捨てた。

「人足で大人しくしてりゃあいいものを、また人の手を借りて、こんどは舂米屋の主人におさまろうってかい。まさか調子に乗って、丸藤の娘を嫁にしようだなんて思ってやしないだろうねえ」

図星だった。店の主人になるのだ。桃を娶《めと》れる立場になれるのだ。そんな耕之助の胸のうちを読みとったのだろう。喜一郎の薄ら笑いは、ひんやりした面持ちへとかわった。

「おういやだ。いけ図々《ずうずう》しいにもほどがあるってもんだ。まったく、だからおまえのことは昔から大嫌いだったんだ」

いいかい、家には釣り合いってもんがあるんだよ、と喜一郎は言った。「春米屋の主人になれたからといって、あの丸藤と釣り合いがとれるとでも思っているのかい」

残念でしたあ。喜一郎は嘲笑《あざわら》う。

「一介の町の春米屋と大店の丸藤とじゃあ、まさに提灯に釣鐘《つりがね》さ。ちょいと考えてみりゃすぐにわかることなのに、なに取り逆上《のぼ》せていやがる」

喜一郎は不釣り合いのことわざを口にして、耕之助をなじった。

「桃っていったかい、あの娘もおまえを好いていそうだし、一緒になれるものならなればいい。でも考えてもみろ。あの娘なら、あちこちの大店から見合い話がわんさかきていることだろうよ。望めばどこへだって輿入《こしい》れできる。大店のお内儀として、一生なに不自由なく暮らしてゆける」

それをおまえがぶち壊そうっていうのかい、と喜一郎は耕之助の耳元へささやいた。

耕之助はその場に立ちつくした。全身に水を浴びせられたようだった。

「いまごろ思い至ったって態《ざま》だね。ふん、手前のことばっかりの、呑気なやつだ。でもそうだな、おんば日傘のお嬢さんが、おまえと夫婦《めおと》になって苦労するのを見るのも、おもしろいかもしれないねえ」

喜一郎は言うだけ言って溜飲《りゅういん》がさがったのか、帳場へ戻っていった。また猫背になり、ぱちぱちと算盤を弾く。

　耕之助は大和屋から出た。荷揚げ場へ戻るため、ふらふらと通りを横切った。と、道の先から桃が歩いてくるのが見えた。耕之助はとっさに大和屋の蔵と蔵との間の狭い路《みち》に身を隠した。桃は母親の須万と一緒だった。新しく丸藤にやってきた小僧が供についている。どこかで用事を済ませての帰りのようだ。

　須万がなにやら小僧にしゃべる。小僧が顔を赤くするのへ、桃は袖先を口許にあて、ころころと笑っている。黒髪に挿したびらびら簪《かんざし》が揺らぎ、きらびやかだ。白い肌。紅の唇はうっすらと玉虫色で艶やかだ。まるで光を纏《まと》っているようで、桃は遠目にもすごくきれいだった。とおりすがりの男も女も桃に見惚《みと》れている。耕之助がいる路地口で立ちどまった大店の内儀らしい二人連れも、そうだった。ほら丸藤のご新造さまと、たしか下のお嬢さんでございますよ、と桃を振り返る。

「なんとまあ、おきれいなお嬢さんでございますわねえ」

「ずいぶん前に茶問屋との縁組がまとまったと耳にしましたけど、違っていたようでございますわねえ」

「もっとよいご縁談話がおありになったんじゃございません」

「あの容貌好《きりようよ》しですもの、ありえますわ」

　なんともうらやましいとしゃべりながら内儀たちは去っていく。桃と須万は耕之助に気づくことなく傍《かたわ》らをとおり過ぎていった。あとには少し甘い残り香が漂っていた。

さっきから夜回りの拍子木が鳴っていた。

宵の五つ（午後八時ごろ）を過ぎれば、にぎやかだった長屋は静まり、早くも隣の家からは青物の棒手振りである平助の鼾《いびき》が聞こえていた。

耕之助は行灯《あんどん》もつけず、真っ暗な部屋で綿入れ半纏《はんてん》を握りしめていた。色も柄も目に焼きついている。緑青《ろくしょう》の微塵《みじん》格子《ごうし》の、桃が耕之助のために縫ってくれたものだ。大和屋を飛び出した耕之助を探しあて、そっと肩に掛けてくれた半纏だった。

あのとき耕之助は素直に泣けた。嗚咽《おえつ》をあげながら心の底からほっと安堵した。そして気づいた。俺はこうやってずっと桃ちゃんに支えられてきたんだ、と。それからは桃の顔が見たくて、声が聞きたくて、そばにいたくて。そしてまた気がついた。

俺は桃ちゃんが好きだ。大好きだ――。

けどいくら恋焦がれても、生きる世界が違うのだ。想いをぐっと抑え、口に出したりはしなかった。それでも節句になれば幼いころの約束を口実に、丸藤へと勇んで行った。口実がないときは、針を教えてくれろと自ら口実をつくって会いに行ったこともある。

四人で橋のうえで花火を見あげた日、桃の手とふれた。伝わってくる温もりに、どうしても離すことはできなかった。

――このまま花火がつづけばいいのに。

抑えていた想いが、ついに口からこぼれ出たかとひやりとした。が、声にしたのは桃だった。耕之助の手から、桃もまた手を離さない。桃もおなじように想ってくれている。そのあまりのうれしさに、桃ちゃん好きだよ、そう告げてしまいそうになった。でもいつか桃の隣には、桃にふさわしい男が立つ。それは俺じゃない。

諦《あきら》めていたもうひとつの大それた望み。

胸の奥底へ押しこんでいたのに、店のあるじになれると思ったとたん、飛び出してきた。

桃ちゃんを俺の嫁さんに――。

それを今日、喜一郎に考え違いをするなと説かれた。頭を殴られたような衝撃だった。

「馬鹿だな。俺はなにを舞い上がっていたんだ」

兄の言うとおりだ。喜一郎が正しい。

店の主人になったからといっても小さな舂米屋だ。釣り合いどころじゃない。ましてや俺には借金を返してゆく長い道のりが待っている。倹《つま》しい暮らしだ。

そこに桃ちゃんを引きずりこむのか。

昼間のきれいな桃が、舞い上がる土埃と糠《ぬか》にまみれてゆく。

「だめだっ」

耕之助の悲痛な叫びが暗闇を裂く。

桃ちゃんは、母親の須万のような大店のお内儀になるんだ。

「だから、俺はそばにいちゃあいけない」

綿入れ半纏を行李《こうり》にしまい、蓋をした。桃の温もりを憶《おぼ》えている右手を拳《こぶし》にして、耕之助は決めた。

第四章　桃の覚悟

　八月も半ばを過ぎ、彼岸《ひがん》の入りを迎えた。「丸藤」の台所では朝早くから小豆《あずき》を炊く甘い匂《にお》いがしていた。桃と里久がおはぎをつくっていた。

「桃、こんどはどうだい」

　里久が丸めたおはぎを桃に見せる。彼岸や玄猪《げんちょ》の日など、もう幾度もつくってきたから里久もすっかり慣れたものだ、と言いたいところだが、里久の手のひらには大きくて不格好なおはぎがのっていた。でもそれも大らかな姉らしさだ。

「ええ、いいんじゃない。それよりほらまた」

　桃はちらと廊下に目をやる。

　まえは長吉が台所口から顔をのぞかせていたが、いまは豆吉が様子をうかがっている。

「ほうら、豆吉のだよ。あとでおあがり」

里久が見せてやると、豆吉はうれしそうに店へとことこと戻っていった。

「ふふ、かわいらしいわね」

「桃とこうしてゆっくりするのは久しぶりだね」

里久がまたおはぎを丸めはじめた。

「しかたないわ。姉さんは忙しいんですもの」

里久は手代《てだい》の任を負ってから顔つきがかわった。自信が見える。本人はまだまだ教えられたり、助けられたりが多いと言うが、少しずつお客の要望にもひとりで応《こた》えられるようになっていると、番頭がお父《と》っつぁまに話していた。やはり姉さんはすごい。

「お父っつぁまは今日も出かけたよ。このところずっとだ」

春米屋《つきごめや》の件であっちこっち回っているようだと里久は話す。

「いろんな手続きがあるみたいだけど、どれも滞《とどこお》りなくすすんでいるようだね」

耕之助のことは里久も大いによろこんでいる。

「でも桃が背中を押してやらないと踏ん切りがつかないなんて、耕之助も案外肝《きも》が小さいやつだな」

さらに大きなおはぎを手に笑う里久であったが、桃につつっと身を寄せてきた。

「ねえ桃、それで耕之助とはどうなっているんだい」

「どうって」

桃はおはぎを形よく丸めながら首をかしげた。

「もう、夫婦《めおと》約束だよ。これで耕之助も独り立ちだよ。店のあるじだ。お嫁になっておくれって言われたんじゃないのかい」

出来上がったおはぎを重箱に詰めていた民が、そっと桃に視線をくれた。なにか言いたげで、でも我慢しているのが桃に伝わってくる。

「そんなの言われてないわ。約束だってしてないわよ」

「どうしてだい？」

里久は意外そうに太い眉を持ちあげる。

「あっ、姉より先に嫁入りするのが悪いと思っているなら、そんな気遣いはいらないよ」

里久は自分のせいだと思ったようだ。

「違うわよ」

「じゃあなんだい。桃は耕之助が好きなんだろ」

姉があんまりさらりときくので、

「好きよ」

桃はつられて素直な気持ちを口にしていた。

年を重ね、耕之助の立場も、置かれた状況もわかってくると、耕之助は仲良くなりたい男の子から、力づけたい大事な友へとかわり、いつしか、かけがえのない男性《ひと》へとなった。

里久が品川からこの伊勢町の丸藤に戻ってきて、耕之助が桃には見せない気安さを姉に見せるものだから、桃はずいぶん嫉妬《しっと》したものだ。もし姉と耕之助が一緒になったら平気ではいられない。その思いから嫁にいってしまえと見合いをし、いちどは耕之助への想《おも》いを断ち切ろうとしたこともあった。けれど民に諭《さと》され、自分に正直でいようと思いなおした。想いつづけていよう。

――桃は耕之助にとって暗い道にともる灯《あか》りのようだ。

耕之助が姿を消したとき、姉にかけられた言葉はいまも忘れられない。あのときから、耕之助が笑っていられるための灯りでいよう。そう桃は誓った。

ずっと片想いのままだっていいから――と。

――おーい、桃ちゃん。

姉より先に名を呼んでくれるようになったのは、いつからだろう。針を教えてくれと頼ってくれるようにもなった。夕方の中庭の廊下縁で、耕之助と縫い物をするひとときは、なんと幸せに満ちていたことか。花火を見あげながら手がふれあったとき、つい口が滑ってしまった自分の想い。耕之助はなにも言ってはくれなかったけれど、ふれたままの手の温《ぬく》もりは、桃の耕之助への想いが、けっして独りよがりでないことを教えてくれた。

春米屋のことで、姉は桃が耕之助の背中を押したと言ったが、それは耕之助の望みを叶《かな》えたい一心でのこと。それでもやっぱり、これでふたりの先行きに希望が持てた。春米屋のことが具体的になっていくにつれ、耕之助が想いを伝えてくれるのではないかと、桃は密《ひそ》かに願い、待っていた。

でも耕之助とは、橋で藤兵衛や友蔵にお願いしますと頭をさげたあの日以来、会っていない。なぜなら、道で行きかっても、耕之助は桃を避けて物陰に隠れてしまうから。

——お気づきにならなかったのでございましょうか。

稽古《けいこ》の供をしてくれていた民も、最初のうちは怪訝《けげん》そうにしていたが、そんなことが二度、三度と重なるうちになにも言わなくなった。

耕之助さんは、わたしを嫌いになってしまった。

以前の桃ならそう思っただろう。だがいまはそんなことは思わない。桃には耕之助が自分を遠ざける理由がわかる。幼いころからずっと見守ってくれている民もきっとわかっている。

「耕之助さんはきっと……」

わたしを思ってのことなのだ。そして耕之助と話さない刻《とき》が長くなるにつれ、桃自身もまた逡巡《しゅんじゅん》しはじめていた。

丸藤の店に出るのも苦手な自分が、小商いのおかみさんをやっていけるのだろうか、と。

——ちょいと、昨日より少なくないかえ。

値切る客に耕之助は笑いで返していた。友蔵も、友蔵の女房も。そんなやりとりをわたしはできるのか。耕之助のお荷物にはなりたくない。

「きっと、なんだい」

物思いにふける桃を、里久がじっと見つめていた。桃は姉の憂《うれ》いのない、この黒く澄んだ瞳が大好きだ。桃は答えず、ただ微笑《ほほえ》む。

「もう、なんだよう」

里久が餡子《あんこ》だらけの手で、じれったそうに身をよじる。

「まあ、姉さんったら」

桃は久しぶりに声をあげて笑った。

指先に餡子の甘い残り香をつけ、里久は母娘の客に出ていた。そろそろ顔見世や七五三のときに髪に飾る櫛《くし》や簪《かんざし》の注文が入るころで、この親子も七歳の祝いにつける簪を見に来ていた。

「おっ母《か》さまや姉さまとおなじおべべになるのよ」

銀杏髷《いちょうまげ》の娘は、里久の前にお行儀よく膝をそろえ、得意げに小鼻を膨《ふく》らませる。

「それはうれしゅうございますねえ」

女児の七つの祝いは、帯解《おびと》きの祝いとも呼ばれ、着物についている付紐《つけひも》をとり、帯を締めるようになる。大人の仲間入りというわけだ。

「姉さまのときみたいに、大きなびらびら簪をつけるの。そしてねえ、鳶《とび》の親方の肩にのってお参りするのよ」と娘ははしゃぐ。

着物の身丈は大人でも体は子どもだ。そのままでは引きずってしまうので、氏神様《うじがみ》に詣《もう》でるときは、父親や出入りの鳶に担《かつ》がれての参詣《さんけい》だ。

わたしのときはどうだったっけ。里久は自分の帯解きをあまり憶《おぼ》えていない。たしか藤兵衛と須万が衣装を携えて品川に来てくれたのだ。しかし里久が鮮明に憶えているのは、太一郎と千歳飴《ちとせあめ》を取り合ったことだ。桃の帯解きの祝いはどうだったのだろう。さぞやきれいだったことだろう。見てみたかったと里久は思う。いまさらだが、藤兵衛の肩にのる桃を想像してみた。が、浮かんできたのは今朝の憂いに満ちた妹の顔だった。

客の母娘は里久が並べたびらびら簪をあれこれと挿し、八重桜に蝶《ちょう》が舞う、左右対《つい》の両《りょう》天簪《てん》をさらにひとまわり大きくしてくれと注文をつけて帰っていった。

「すごいもんですねえ」

簪を桐《きり》の箱にしまっていたら豆吉が振る舞い茶を片づけにやってきて、豪華な簪をおっかなびっくり眺めた。

「おいらの村じゃあ、氏神様にお参りするだけです」

きれいなべべも、髪の飾りも、ごちそうもないという。裕福な家の女子《おなご》の帯解きの祝いに、そんな世界もあるのだと気圧《けお》されている。

「豆吉、いまのうちに奥へ行っておはぎをおあがりよ」

店内には客の姿はなかった。豆吉は目を輝かし、へいと返事した。と、ちょうどそこへ暖簾《のれん》を割って客が入ってきた。そうなると奥へは行けない。豆吉はたちまちがっくりだ。

里久はなぐさめてやりたかったが、まずは「ようおいでくださいました」と番頭仕込みの挨拶《あいさつ》で客を迎えた。土間に立ったのは耕之助の弟の富次郎であった。

「なんだ、富次郎かい」

「なんだはひどいな、わたしだってれきとした客だよ。洗《あら》い粉《こ》をもらいに来たんだから」

富次郎は男も肌は大事さ、と女のようなつるつるの頰《ほお》を指で軽く弾《はじ》いた。

「でもまあ、ほかにも用があってきたんだけどね」

里久は店座敷にうながし、富次郎は、おじゃまするよと草履《ぞうり》を脱いだ。里久はこぼさないよう振る舞い茶を運んできた豆吉に、耕之助の弟だと教え、いいから奥へ行っといでと言ってやった。豆吉はぺこりと頭をさげ、いそいそと内暖簾の奥へと消えていった。洗い粉を持ってきた長吉が、お嬢さんは甘いんですからとぶつぶつ文句をたれる。

「それで用ってなんだい」

里久は聞こえないふりをして富次郎へ問うた。

座敷に腰を据えた富次郎は、茶を横へすべらし、里久へ両の手をついた。

「このたびは次兄、耕之助のために、丸藤さんには多大なるお力添えをいただきまして」

誠にありがとう存じますと謝辞を述べ、容《かたち》のよい辞儀をした。

きっと父や長兄は礼を言わない。かといって、末っ子の自分がしゃしゃり出て、丸藤の主人に直《じか》に礼を述べるのも気がひける。それでも感謝は伝えたい。とにかく里久にと思い、来たのだと富次郎は告げた。

「それはごていねいに」

里久も容を改め返礼する。

「ほんとはもっと早くに来たかったんだけど、知ったのがついこないだなもんで」

富次郎は茶を引き寄せるとひと口含み、首をすくめた。

「耕之助兄さんが何日も荷揚げ場に来ないもんだからさ」

富次郎は耕之助が姿をみせないことを訝《いぶか》った。

「喜一郎兄さんにたずねたら、やめたと言うじゃないか」

兄さんがやめさせたんだろ。問い詰める富次郎を父の重右衛門がとめ、仔細《しさい》を話した。

「くわしくったって、耕之助が大和屋をやめると言いに来た。春米屋をするみたいだ、ってこれだけだよ。こっちは驚いたのなんの」

でもうれしかったと富次郎は顔をほころばせる。

「これで耕之助兄さんの道が開けるんだからね。さっそく祝おうと長屋へすっ飛んで行ったさ」

帰ってきた耕之助をつかまえて、くわしく事情も聞いた。

「丸藤の旦那さんに力を貸してもらったこともそのとき知ってね。まったく、ありがたいかぎりだよ」

それから平助も呼んでの祝杯になり、男三人で大いに呑《の》み明かしたという。

「平助さんなんて、よろこぶってもんじゃなかったよ。大声で歌って踊ってさ」

その姿が容易に目に浮かび、里久は、あははは、と腹を抱えて笑った。

「次は嫁さんだなって話になってさ。平助さんが、引っ越しを手伝いに来た姉妹のうちのどっちかだろう、姉か、妹かってしつこくきくんだ」

――ようよう、どっちなんだ。はっきりしろよ。

「妹の桃ちゃんのほうだよって教えたのさ。けど兄さんは、冷やかす平助さんには取りあわず、春米屋の話をするばかり。そのときは照れているんだと思っていたんだけどさ」

そこで富次郎は、つい先日のことなんだけどと眉を顰《ひそ》めた。

富次郎は、耕之助が跡を引き継ぐ春米屋の主人夫婦のところへも行ったと話した。心からの礼を述べたあと、送っていくという耕之助と一緒に、伊勢町河岸《いせちょうがし》通りを歩いていたときのこと。

「桃ちゃんが道をとおりかかったんだ。お供のお民さんが三味線《しゃみせん》を抱えていたから、稽古帰りだったのかな」

桃ちゃん、と富次郎は呼んだ。そのとたん耕之助に襟首《えりくび》を摑《つか》まれ、綿問屋の物陰に引っ張りこまれた。

「どうしたんだよ兄さん、桃ちゃんだよって教えたんだ。そしたら」

——いいからここにいろ。

耕之助はものすごく怖い顔で言ったという。

「なぜだい、なぜ隠れたりするんだい」

里久はきいた。しかし富次郎は首をふる。

「わたしだってそう思ったから兄さんにきいたよ。どうして隠れるような真似《まね》をするんだいって。でも兄さんは黙ったまま桃ちゃんがとおり過ぎるのをじっと見つめるばかりさ」

そんな兄の態度に桃は気づいていたという。

「わたしと目が合ったからね。でも桃ちゃんにしたって、そのまま黙って行ってしまうんだもの。お民さんだけが振り返り振り返り、こっちを見ていたよ」

富次郎は里久ににじり寄ってささやいた。

「ねえ、あのふたりはどうなっているんだい」

里久も今朝、いまの富次郎の言葉そのままに桃に問うていた。

「それで?」

「どうもなってないって」

桃から聞いたままに答えた里久に、富次郎はため息をついた。

「ふたりともはっきりしないねえ」

「はっきりしないのは耕之助だよ」

里久は反論した。軽々しく想いを表に出さない妹が、ああもはっきり言ったのだから。

――好きよ。

「それは兄さんだっておなじだよ。今年も桃ちゃんたちと花火見物をしないかって、誘いに来てくれたときの兄さんの顔といったら」

富次郎はこんなだったよ、と指で目尻《めじり》を思いっきりさげた。

「どうなさったんでしょうねえ。お似合いのおふたりなのに」

里久のうしろに控えていた長吉も首をかしげる。

「もう、じれったいね」

里久はやきもきしてしまう。

「耕之助を脅かしてやろうか。ぐずぐずしてたら、桃は別のところへお嫁にいっちゃうよって。縁談話がたっくさんきているんだから」

たあっくさんだよ、と里久は両手をあげて大きく円を描いた。

「そりゃあ桃ちゃんのことだもの、驚きはしないけど」

けどそんなにかい、と富次郎は心配げにきく。

里久はうなずいた。十七の娘盛りの桃には大げさではなく、降るほどの縁談話が舞い込んでいた。母の須万は、断わるにはあまりにももったいない縁談《はなし》に頭を悩ませ、この際じっくり考えてごらんと桃を説き伏せにかかっていた。父親の藤兵衛は成り行きを見守っている。

「耕之助にさっそく言ってやる」

「まあまあ、落ち着いてくださいませ」

帳場から番頭が出てきて、すぐにでも飛び出していきそうな里久をとめた。

「そろそろ、その突っ走る癖《くせ》を直してくださらないと」

「だって番頭さん、これが落ち着いていられるかい」

口を尖《とが》らせる里久の傍《かたわ》らに、番頭は膝を折った。

「わたしは、耕之助さんのお気持ちがなんとなくわかりますよ。桃お嬢さんだって、きっとおわかりになるから黙ってお行きになったのでしょう」

「どういうことだい」

里久にはさっぱりわからない。

「番頭さん、教えておくれよ」

富次郎もお願いしますと請うた。

そんなふたりに老番頭はほろりと笑う。

「簡単なことでございますよ。桃お嬢さんも耕之助さんも、大人におなりになったということです」

惣介がお屋敷廻《まわ》りの荷づくりの手をとめ、そうですねえと相槌《あいづち》をうった。そうじゃのう、と彦作もうなずく。

里久と富次郎は目を見交わした。

「おまえはわかるかい」

富次郎は長吉へ視線を投げる。きかれた長吉はきょとんとしている。

参ったなぁ、と富次郎は鼻の頭をぽりぽり掻《か》いた。

「どうやらわたしたちはまだ子どもらしいよ」

わたしは違うよ、とは言えない里久である。

内暖簾が揺れて、当の桃が顔を出した。

「豆吉から富次郎さんが来ていなさると聞いたから」

桃は風呂敷《ふろしき》に包んだお重を携えていた。

「おはぎなのよ。富次郎さん、悪いんだけど耕之助さんに持っていってくれないかしら」

桃のつくったおはぎや牡丹餅《ぼたもち》を必ず食べに来ていた耕之助である。七夕のときだって、そうめんを食べに来ていた。

「なんでだよ、あんなにいつも楽しみにしてたじゃないか」

里久は合点がいかない。

「でもきっと耕之助さんは来ないと思うから」

桃はせつなげに目を伏せ、包みを富次郎の前に押しやり、お願いね、と頼んだ。

「耕之助はいったいなにを考えているんだよ。桃だってそうさ」

ふたりに、明るくてひろい道が開けた。里久はそう思っていた。

なのに――。大人ってなんだよ。

「ねえ、わたしにもわかるように話しておくれよ。ねえ、桃ったら」

里久に詰め寄られ、桃は困惑する。そんな桃を見かねて、かわりに番頭が口を開いた。

「耕之助さんはお気づきになったのでございますよ。相手を大事に思えば思うほど、いろいろ気づいてしまう。そんな耕之助さんの気持ちを、桃お嬢さんもまた気づいてしまう」

そうでございましょう、と番頭はやさしい眼差《まなざ》しを桃へむけた。

惣介も、わかりますよと言う。

「自分の胸の中だけでいろいろ考えてしまうんですよね。身を引いたほうが相手のためになる、なんて勝手に思ったりして」

里久はぎょっとした。

「耕之助はそんなことを思っているのかい……」

「桃お嬢さんも、そうでございますか」

うつむき長い袂《たもと》をぎゅっと摑んでいる桃を、番頭はのぞきこむ。

「そんなことないよね、桃。だって、ふたりで歩いてこその明るくてひろい道じゃないか」

「ありがとう、姉さん。わたしもそう思いたい。でも……」

「でも、なんだい」

里久は妹の次の言葉をせかした。桃は伏せた目を里久へあげた。

「姉さん……わたしに春米屋のおかみさんがつとまると思う？」

まだ耕之助さんになにも言われてないのに、こんなこと考えるなんておかしいわよね、と桃は恥じ入る。

「でも惣介が言ったように、いろいろ考えてしまうの。そのたびに自信がなくなっていくのよ」

伊勢町小町の妹。聡明《そうめい》な妹。だけどいま、妹は不安に打ち震えていた。なんと言ってやればよいのか、里久はかける言葉が見つからない。大丈夫だよ。桃だもの、きっとできるさ。そんな励ましを何度くり返したところで助けにならない。

声をかけたのは、番頭だった。

「桃お嬢さんは、いままでなにを見ていらしたのですか」

厳しい物言いだった。里久にならともかく、桃に対しては、はじめてのことだ。

「番頭さん……」

桃は少しの怯《おび》えと、大きな戸惑いをみせる。そんな娘に、番頭はいつものやわらかい声《こわ》音《ね》に戻って言う。

「よいお手本が目の前にいらっしゃるではございませんか」

と里久へ目をむける。

「へ、わたし」

鼻の頭を指さす娘に、番頭はうなずいた。

「そうです。里久お嬢さんがお店に立たれたころのことを思い出してくださいませ」

「憶えていますとも。姉さんは最初から自信満々に店に立っていなさったわ」

うらやましそうにする桃に、しかし番頭は「いいえ」と首をふった。

「あれは自信などではありません。から元気でございます」

長吉が口をおさえて「ぐふっ」と笑った。富次郎など遠慮もへったくれもない。大笑いだ。でも本当のことだった。

「桃、そのから元気さえ半日もせずに木《こ》っ端《ぱ》微《み》塵《じん》さ」

里久は正直に白状する。

「それでも店に立ちつづけなさったお嬢さんはえらいもんです」

惣介がなぐさめてくれる。

「そういえば、あのころの姉さんは、夜によく呻《うめ》いていなさったわ」

桃も思い出したようだ。

そうでございましょうとも、と番頭は懐かしがる。

「ですからね、桃お嬢さん、自信なんてなくてもようございます。なくてはならないのは」

番頭は、覚悟だと言った。

「覚悟……」

桃は口の中で低くくり返す。

「そうでございます。耕之助さんが春米屋の話を断わろうとしていなさったとき、桃お嬢さんがどやしつけたとお聞きしました」

「どやしつけただなんて」

桃は顔を真っ赤にする。

「それでよいのでございます。そしてもういちど、どやしつけておやんなさいまし。耕之助さんに桃お嬢さんの覚悟を見せつけてやるんでございますよ」

「わたしの覚悟……でもいったいどんな。なにを見せつけろというの」

桃は困惑する。その姿は痛々しいほどだ。

「桃っ」

里久は妹の手を強く握った。里久にできることはこんなことぐらいだ。それが情けない。

「ごめんよ、桃ぉ」

「姉さん」

桃は里久の手を握り返し、じっと見つめてくる。悩みの中にいるっていうのに、

「桃はきれいだなぁ」

「姉さんたら」

桃は微苦笑をもらす。

「姉さんこそ、どんどんきれいになっていくわ。今日のお召し物も姉さんにとってもよく似合ってる」

薄黄色地に、野葡萄《のぶどう》の刺繍《ぬい》が施された振袖《ふりそで》を身に纏《まと》う里久を、桃は褒《ほ》めた。

「ほんとだねえ、まえは苦手だったなんて思えないぐらいだよ」

富次郎も笑ったお詫《わ》びにうんと褒める。

桃がはっとした。

「よいお手本が目の前にいる……そういうこと……そうね、そのとおりだわ」

桃の手に力がこもる。不安げな瞳は、もうそこにはない。

「番頭さん、ありがとう」

ついで桃は富次郎にきく。

「富次郎さん、耕之助さんは今日も舂米屋かしら」

「たぶんそうだと思うけど」

富次郎が答えるが早いか、桃は重箱の包みを抱え、立ち上がった。そのまま奥へと行ってしまう。

「桃、どうしたんだよ。ねえ、桃ったら」

里久はなにがなんだかだ。とにかく妹を追った。

姉妹が奥へと消えたあと、手代頭《がしら》が番頭のところへやってきて、いいんですかとささやいた。

「番頭さんが桃お嬢さんをけしかけたって知れたら、きっとご新造《しんぞう》さまに恨まれますよ」

「おまえだってそうだろう」

「まあ、そうですけど」

困ったねえとささやき合いながら、番頭と手代頭はじつにうれしそうだ。

「なあ惣介、あの小さな赤ん坊が、よい娘御《むすめご》におなりになったもんだな」

「さようでございますね」

「そういや、おまえは小僧の時分にお守《も》りをしたっけか」

「ええ、おぶったわたしの背で、よくお泣きになりました」

「そのお嬢さんが、いままさに己《おのれ》の道を歩こうとしていなさる。感慨もひとしおだよ」

「まったくで」

番頭と惣介は揺れる暖簾を眩《まぶ》しそうに見つめた。

部屋に戻ってからも、桃の脳裏には次々と里久の姿が蘇《よみがえ》ってきた。

姉は店に立つと決めてから苦手な振袖を着て、広帯を締め、必死にこの丸藤にふさわしい者になろうとした。そして馴染《なじ》んでいった。

耕之助さんとは、つらいことも楽しいことも共に過ごしてきた。これからもそうありたい。姉さんが言ってくれた明るくひろい道を一緒に歩いていきたい。

そのためには——。

桃は簞笥《たんす》の前にひざまずき、引き出しを開けていった。が、お目当てのものはやはり見当たらない。

「桃、どうしたんだい」

心配した里久が部屋へ入ってきた。

「姉さん、貸してほしいものがあるの」

「いいけど、なんだい」

「あのね——」

里久が自分の部屋からまたすぐ戻ってきた。

「はい、でもこれをどうするんだい」

「ありがとう姉さん。わたしね、決めたの」

桃は姉のさし出したものを受けとると、里久の目の前で広帯をしゅるりと解き、花散らしの薄紅色の振袖を、ばさりと脱いだ。

いま、桃が身に纏っているのは、里久が品川で着ていた木綿の小袖《こそで》だ。

桃は鏡台を引き寄せ、手鏡の蓋《ふた》をとった。唇に薄くつけていた紅を懐紙《かいし》でぬぐう。ついで頭に手を伸ばし、櫛をとり、大店《おおだな》のお嬢さんしかりといったびらびら簪を引き抜いて、台のうえに置いた。

「……これでいいわ」

いままで当たり前のように身につけていた上物の品はなにひとつない、地味な身なりの娘が鏡の中にいた。

「姉さん……これがわたしの覚悟よ」

桃は鏡のむこうで目を潤《うる》ませている姉に微笑んだ。

里久の腕が伸びてきて、桃をうしろからぎゅっと抱きしめた。

「桃、がんばれ」

耳元に姉の励ましの熱い吐息がかかる。桃はこくりとうなずいて、手鏡の蓋を閉めた。

日本橋を南に渡った通りは、今日も大勢の人や荷車が行き交い、にぎやかだった。ここら辺は書物問屋が軒を連ねていて、大きな荷を背負った本の仲買人《なかがいにん》や貸本屋の姿も多い。

「大丈夫？」

桃が振り返ると供の豆吉が、鼻に芥子粒《けしつぶ》のような汗をかき、両手にしっかりと重箱の包みを抱えてついてきていた。

半刻（一時間）前、台所へ小袖の身なりであらわれた桃に、民は息を呑んだ。

「これから耕之助さんのところへおはぎを持っていくわ」

民はふっくらした手で顔を覆《おお》い、丸い肩を小きざみに震わせた。が、しばらくして顔をあげた民は、「わかりましてございます」と、桃の腕から重箱の包みをとった。

「ほれ、いつまでも食べてないでお供をするんだよ」

民はまだおはぎを頬張《ほおば》っている豆吉をせっつき、落とすんじゃないよと包みを持たせた。そして自分がつけていた前垂《まえだ》れをはずして桃にさし出した。

「これも持っておいきなさいまし」

桃は民の手から畳まれた前垂れを受けとった。

「いってらっしゃいまし、お嬢さん」

民は泣き笑いの顔で見送る。

「お民、ありがとう。いってまいります」

えっほえっほとやってきた駕籠《かご》かきをよけ、桃は道を左に曲がって、式部小路へ入った。小路を抜けると小松町で、通りの向こうに春米屋「武蔵屋」が見えた。店の土間では耕之助が唐臼《からうす》を踏み、友蔵夫婦が精米を篩《ふるい》にかけている。桃は道を渡った。

「ごめんくださいまし」

「いらっしゃい」

踏み板から飛び降り、にこやかに出迎えた耕之助であったが、店先にいるのが桃だと知れるとはっとし、すぐに表情を一変させ、咎《とが》める目つきになった。

「なにしに来たんだ。それにその形《なり》はどうした」

耕之助は桃の前に立つと問い質《ただ》した。桃はそれに答えず、友蔵とその女房に挨拶した。

「お彼岸ですし、おはぎをつくりましたの。お口汚しではございますが」

うしろに控えている豆吉から包みを受けとり、重箱を女房へ渡した。友蔵夫婦も桃の出《い》で立ちにしばし呆然《ぼうぜん》としていたが、それでも女房は「これはよいものを」と包みを押しいただいた。友蔵も甘いものには目がないのだと相好《そうごう》を崩し、桃に礼を言った。

「あの、それで今日はお願いもあって参りました」

「はて、お嬢さんがわしらに頼みとはいったいなんだろう」

「なんでもおっしゃってくださいな」

女房の言葉に力を得て、桃は頼み事を口にした。

「わたしにもお店のお手伝いをさせていただけないでしょうか」

桃は面食らっている夫婦に、お願いいたしますと頭をさげた。そんな桃の腕を耕之助は強引に摑んで店から引き離した。

「どういうつもりだ」

「だからいまお願いしたとおりよ」

「なに言ってるんだ。帰れ、ここにはもう来るな」

見たことのない険《けわ》しい顔で気色《けしき》ばむ耕之助に、桃は胸を衝《つ》かれた。

そこへお客がやってきた。

「五合《ごんごう》おくれ」

襟首を大きく抜いた、髪を櫛巻きにしただけの女であった。長屋のおかみさんでないことはひと目でわかる。女は挨拶もなしに麻袋を友蔵の女房に突き出し、

「こっちはいつも買いにくる上得意さまだよ。ちったあ、負けてくれてもよかないかえ」

と酒やけしたような声で凄《すご》んだ。女房は「はいはい」と慣れたものだ。

しかし桃は、女のあまりの莫連《ばくれん》に身を硬くした。

「わかったろ。ほら、帰りな」

耕之助が桃の背を通りへ押した。桃がもうそこにいないかのように、客へ「いらっしゃい」と出てゆく。機嫌をとり、あははと笑いあう声が背後で聞こえる。

知らない商い、知らない世間——。

萎《な》えてゆく気持ちが桃をうつむかせた。己の不甲斐《ふがい》なさに握りしめる袂は、いつもの絹物の振袖ではない。木綿の小袖であった。

桃はくいっと顎《あご》をあげた。袂から前垂れを取り出し、昼夜帯のうえからきゅっと結ぶ。よしっ。桃は通りからくるりと客へむきなおると声を張った。

「いらっしゃいまし。五合でございますね」

女が、ぎろりと桃を睨《ね》めつける。

「ああそうさ、なにか文句があるかい」

「いいえ、いつもありがとうございます。少々お待ちくださいませ」

と言ったものの、桃は勝手がわからない。まごつく桃に、友蔵の女房が助け舟を出した。

「お嬢さん、これがうちの一合枡《ます》でございます。すりきりに米を量ってくださいまし」

桃は教えられたとおり枡を手に、ていねいに米を量った。女房が口をひろげてくれる袋に、こぼれぬように入れてゆく。

「お待たせいたしました。五合でございます」

桃は客へ袋を渡した。女はまたなにか文句を言うかと思ったが、じゃあ、これ、と桃の手にお代をのせた。

「今後ともご贔屓《ひいき》に」

桃はふわりと微笑み、深々と辞儀をした。

「なんだか上々吉の米を買ったようだ」

女は睨《にら》んでいた目許《めもと》をゆるめ、くすぐったそうに、また来るよ、と言って帰っていった。

「あれでよかったのかしら」

桃は手のひらの銭をまじまじと見つめた。

「ええ、ええ、お上手でございましたよ」

女房が褒めてくれる。

「お嬢さんがいてくれたら、わしらも安心して田舎《いなか》に引っこめるというもんだ」

友蔵はそんなことまで言ってくれる。

「わたしにもできたのね」

桃はほっと安堵《あんど》した。だが耕之助は、「無責任なこと言わねえでくれ」と怒鳴った。

「さっきも言ったろ。頼むから帰ってくれ、もう来ないでくれ」

耕之助は桃の背をまた押し、追い出しにかかった。

「耕さん、そりゃあ、あんまりだ」

友蔵が桃を庇《かば》うように立ち、耕之助を諌《いさ》めた。

「親父《おや》っさんは黙っていておくんなさい」

「いいや。お嬢さんの形《なり》を見て、わしはお嬢さんの頼みがうすうすわかったよ。ここへどんな気持ちで来なさったか、それが耕さんにはわからないのか。あの大店のお嬢さんがここまでなすって――」

「だからだよっ。ここは俺にとってはありがたい、願ってもない場所だ。けど桃ちゃんには桃ちゃんにふさわしい場所がある。大店のご新造さまになるのがいちばんいいんだ。俺の道へ引っ張りこむなんて、そんなことできねえ。そんなかわいそうなこと俺には――」

耕之助の思いを聞いて、友蔵はなにも言い返せずにいる。

だが桃は耕之助へ胸ぐらを摑まんばかりに歩み寄った。

「どうして……どうして耕之助さんが勝手に決めるの。耕之助さんの目に、いまのわたしはかわいそうに映っているの」

耕之助は桃から目をそらす。

「そう、そうなのね。わたしは、耕之助さんが大和屋の縁を切っても、人足として働いていても、かわいそうだなんてちっとも思ったことないわ。だって、耕之助さんが決めたことですもの」

このひとに、いままで言えなかった気持ちを伝えるんだ。桃は足を踏ん張った。

「わたしは、耕之助さんと共に生きていきたい。そう自分で決めたのよ。そのためなら振袖も簪《かんざし》もいらない。だからお願いよ、わたしをかわいそうだなんて思わないで」

「桃ちゃん」

「それとも、耕之助さんは、振袖じゃない、櫛も簪も挿《さ》していないわたしは嫌いなの？」

「そ、そんなわけないだろ。どんな形でも俺の大好きな桃ちゃんだ！」

「まあ……」

桃の頬に大粒の涙がぽろりとこぼれた。

「ふふ、耕之助さんがはじめて好きって言ってくれた」

耕之助は、ばっと口を手で覆った。

「俺は馬鹿だ。告げないと固く決めていたのに」

その場によろよろと崩折《くずお》れる。

「耕之助さん」

桃は耕之助の前へ膝をついた。

耕之助は首をふる。

「借金だって背負うんだ。考えてるよりもっと倹《つま》しい暮らしだ」

「平気よ」

「いいや、きっと後悔する。あとで泣いたって遅いんだ」

「後悔も、泣いたりだってしないわ。わたしこう見えて強いんだから」

桃はまっすぐ耕之助を見据えた。

その目に耕之助は怯《ひる》む。

「耕さんの負けですよ」

はらはらと見守っている友蔵の横で、女房が言った。

「腹を括《くく》った女子にかなう者なんていやしません。それに、お嬢さんをよくごらんなさいましな。前にも増しておきれいじゃあございませんか」

「おう、そうじゃそうじゃ」

友蔵が耕之助の背をばしりとたたいた。

「ほれ、耕さんも腹を括れ」

耕之助はそれでも黙っている。

桃は耕之助に微笑む。覚悟をふわりと包んだ微笑みに、耕之助から力みが消えていった。

「ははっ、ほんとだな。桃ちゃんにはかなわねえや。……本当に俺でいいのか」

「耕之助さんがいいの」

「うん」

耕之助は諦《あきら》めていた己のもうひとつの望みを嚙《か》みしめるように口にした。

「桃ちゃん、俺のお嫁さんになってください」

そこには耕之助の覚悟が滲《にじ》む。

「はい、よろこんで」

桃は大きくうなずいた。

よかった、よかったよう。友蔵夫婦が手をとってよろこび合う。

米俵にもたれていた小僧が驚いて飛び起きた。おはぎでお腹《なか》がいっぱいになったのと日ごろの疲れで、眠ってしまっていたようだ。

「まあ、この子ったら」

「俺たちも桃ちゃんのおはぎをいただくとしようか」

耕之助が立ち上がり、桃へ両の手をさし伸べた。桃は耕之助の手に手をおく。

花火の日にふれあった手を互いにしっかりと握り、ふたりは通りから春米屋を見あげた。


「どうぞ、桃さんと夫婦《めおと》になることをお許しください」

耕之助が畳に平伏し、さっきいちど聞いた願いをまた声を震わせくり返した。耕之助の隣には桃もいて、硬い表情で手をついている。

「須万」

傍らの亭主が須万を呼んだ。おっ母さま、と里久も呼ぶ。ふたりは困り果てた顔をこちらにむけていた。

数日後の丸藤の奥座敷であった。

「須万、桃は耕之助を好いているんだよ」

そんなこと、おまえさまよりずっと前から知っていますよ。

須万は胸のなかで独りごつ。諭すような藤兵衛の口ぶりが癇《かん》にさわった。

「耕之助はいい若者だよ」

それだって知っていますさ。

「わたしはべつに反対などしておりませんよ」

そうだ。決して反対ではない。しかしこんなはずではなかったという思いが、どうしてもぬぐいきれないでいた。そう、こんなはずではなかった。桃の嫁ぎ先は大店で、嫁入り仕度は呉服屋を呼んで、あれこれ誂《あつら》えた着物や帯を真新しい簞笥にいっぱいにして。櫛に簪に笄《こうがい》に。結納は厳《おごそ》かに、お式は華やかに。宴《うたげ》にはあの方もこの方もお呼びして――。

まだ娘が幼いころから思い描いてきたものが消えてしまった。すべてとは言わないが、残ったものはあまりにも慎ましやかだ。

ああ、なんて虚《むな》しいんだろう。それに、なにも好きこのんで苦労をせずともと思うのだ。親は、とくに母親は娘の苦労や悲しむ姿は見たくない。

でもどこかで、こんな日が来ることもわかっていた。

「そうだ、おまえさま。耕之助さんに力を貸すなら、もっと大きな店にしてやったらどうです」

大店とはいかないまでも、そこそこの店にしてやれば、娘の苦労も少しは――。

「おっ母さま、それは」

しかし当の桃が否《いな》と言った。

「店は、わたしたちの力で大きくしていくわ」

「それもおまえの覚悟というやつかえ」

彼岸だからと娘たちが朝からおはぎをつくった日。暮れ方に小僧と帰ってきた桃は、里久が品川で着ていた小袖を纏《まと》っていた。その形《なり》はどうしたんだいと驚いている藤兵衛と須万に、桃は己の覚悟とやらを話した。丸藤の店に出るのさえ嫌がっていた娘が、舂米屋に立ち、米を売ったとも聞かされた。

結局――。

母親の心配をよそに、この娘は目の前にいる男の許へ嫁にいってしまうのだ。

「わかりましたよ」

須万は、それがこの娘のいちばんの幸せと信じることにした。

それならば母親にできることは、もうこんなことぐらいしかない。

須万は両の手をつき、耕之助に頭をさげた。

「耕之助さん、桃をよろしくお頼み申します」

「ありがとうございます。桃さんを一生大切にいたします。泣かすようなことは決して」

若者の誓いの言葉を聞き終え、須万は膝を里久へむけた。

「里久や、商いの下地はあるとはいえ、若いふたりがこれからやっていく店です。困ったことがあれば、親のわたしたちができる限り力になるつもりでいます。でもね、藤兵衛もわたしも、いつかは先に逝ってしまう身。そのあとのことは里久、あなただけが頼りです。どうぞ、どうぞ、桃のことをお願いいたします」

須万は里久へ深く深く頭をさげた。

「頼むよ、里久」

藤兵衛も手をつく。

「おっ母さま。お父っつぁま」

桃が長い袂で顔を覆い、声を震わせた。

「親というものはありがたいもんだなぁ。なあ桃」

耕之助が桃の肩を抱いた。

「もう、やだなあ」

里久は湿っぽくなった空気を払うように明るく言う。

「そんなの当たり前だろ。姉妹だもの」

里久は「任しておくれよ」と胸をどんとたたいて、桃と耕之助へ、にっと笑った。

「おめでとう、桃、耕之助」

ふたりの婚礼は来年の春と決まった。

第五章　里久の恋

藤兵衛は、あるじ部屋の丸い火灯窓《かとう》を開け、坪庭《つぼにわ》を眺めた。耕之助の舂米屋《つきごめや》の手続きでばたばたしているうちに、九月もそろそろ終わろうとしていた。

久しぶりに見る坪庭には赤い小菊が咲いていた。晩秋の心地よい風が菊の香りを運んでくる。嫁入りまえの須万と狸穴《まみあな》の菊市に行って、ふたりで選んだ花であった。毎年のように挿《さ》し木をし、ずいぶんとふえた。あれから長い歳月が過ぎたものだ。

「ほら、今年もきれいに咲いているよ」

藤兵衛は部屋にいる須万に振り返った。しかし須万は菊どころではないらしい。畳にいくつも反物《たんもの》を流し、頬《ほお》に手をあてどれにしようか思案にくれていた。傍《かたわ》らには別の反物が積まれている。桃の嫁入りの仕度にと、出入りの呉服屋に持って来させたものだ。利休白茶《りきゅうしら》《ちゃ》の七宝花紋《しっぽうかもん》に、桜鼠《さくらねずみ》の無地。洒落柿《しゃれがき》は鮫小紋《さめこもん》だ。色も柄もさまざまなれど、どれも呉服の絹布であった。太物（ふともの）と呼ばれる綿布ではない。

「また桃に怒られるぞ。絹布のよそ行きは長い袖を切るからいいと話していたろ」

藤兵衛は女房に釘《くぎ》をさす。絹布のよそ行き仕度のことでひと悶着《もんちゃく》あったのは、つい昨日のことだ。

太物の小袖《こそで》を何枚か仕立てるだけで十分だという娘と、それではあんまりだ、せめて季節ごとにいくつか仕立てて持っていけという母とで口論となった。

「だっておまえさま、小さくともお店《たな》のお内儀になるのですよ。商売のお仲間内やご近所の付き合いは、あだ疎《おろそ》かにできやしません。着る物だってそれなりのものはいります。それに、袖を切るといっても元は振袖、どうしたって年とともに色や柄がだんだん派手になってきますさ。だからこうして薄い色の、柄も地味なものをいくつかつくっておけば、染め直して長く着られるというものです」

あの娘《こ》はそこらへんがまだわかっていない、と須万は青眉《あおまゆ》を吊《つ》りあげる。

「口を出して悪かったよ。さすが母親だ、考えが深い。桃にもそう言っておやんなさい」

ええ、そうしますと言って、須万はひろげた反物を巻きはじめた。その姿はどこか寂しげであった。無理もないと藤兵衛は思う。

娘の婚礼は、家と縁を切った花婿《はなむこ》である耕之助との兼ね合いもあり、ずいぶんとささやかなものになるだろう。須万がせめてよそ行きの着物ぐらいはと思うのも無理はない。それもいらぬと娘に言われたら、やるせないを通り越して怒りたくもなるというものだ。現にその矛先《ほこさき》は藤兵衛にもむけられ、あなたがふたりを許したばっかりに、と責められた。なに、須万だって許したのだ。

しかし、母親としての寂しさは父親のそれとは違うようだ。長年思い描いてきたぶん、虚《むな》しさが込みあげてくるのだろう。それがわかるから藤兵衛も「桃にできないぶん、里久にしておやり」と須万をなぐさめた。里久は「丸藤」の跡取り娘なのだから、なんの気兼ねもいらない。存分にしてやればいい、と。須万は「いつになることやら」とため息をついていた。

里久もすでに十九であった。かつてのお茶の師匠に言わせれば、世間で行き遅れと陰口をたたかれる年らしい。だからというわけではないが、藤兵衛もそろそろと思い、里久の入り婿となる者をそれとなく探してはいた。だが、商いに実直で思慮深く、丸藤の主人として申し分のない人物。そのうえ商人としての里久を認め、支えてくれる男となると、これがいやはや難しい。

廊下から失礼しますと声がかかった。遠慮がちに障子が開いて、丸藤の老番頭が顔をのぞかせた。

「旦那さま、飾り職の清七さんがみえてます。出来上がった簪《かんざし》は約束の期日どおり納めてもらいました。ほかにお任せになる簪はございますか」

十一月の顔見世や、七五三の簪の注文を受けていて、清七にはけっこうな数の品を任せていた。腕のいい職人だからどうしても多くなる。

「新たに頼みたいものがあるのだが、まだいけるかね」

よし、わたしからきいてみようと藤兵衛は腰をあげた。あるじ部屋を出るとき、須万がまた畳に反物を流した。

廊下を店へむかっていたら番頭が引きとめた。

「旦那さま、そちらではなく」

清七は中庭にいるという。

「なんでまた中庭なんぞに」

「それが、清七さんがいま手がけている簪に難儀していると話しまして。なんでも水に沈む紅葉《もみじ》がうまくできないとかで」

「ああ、葉の下に魚が隠れている意匠《いしょう》の、もぐさ問屋の吉野屋《よしのや》さんご注文の品だね」

「ええ、さようでございます」

「それで？」

「里久お嬢さんが、だったらうちの池を見るといいとおっしゃって、金魚もいるからと中庭へお連れになられまして、はい」

「はは、里久らしい」

藤兵衛は番頭ひとりを店に戻し、自分は中庭に面した廊下縁に立った。

秋のやさしい陽射しの中に若いふたりはいた。

里久は庭石のそばにつくった池の縁《へり》にしゃがみ、金魚を指さしていた。隣で清七が膝《ひざ》をつき、写生をしている。絵を里久がのぞきこみ、うまいもんだと言っているのがここまで聞こえてきた。とても茂吉《もきち》さんのようにはいきませんがと、清七は照れている。

「お父《と》っつぁま」

小声がして、廊下の先から桃がこっちへ来いと手招きしていた。

娘の部屋の障子は開け放たれていて、桃は御納戸《おなんど》色の地に縞《しま》模様の太物に針を動かし、ときどきふたりを眺めているようだった。

「耕之助のかい」

藤兵衛は敷居ぎわに腰をおろした。

桃はええ、とうなずく。よそ行きの着物や羽織の仕立ては呉服屋に頼んだが、ふだん着は自分で縫っているという。

「店の主人になるんですもの。お仲間との付き合いもありますし、いままでのように仕事着だけってわけにはいきませんからね」

さっき誰ぞから聞いたばかりの台詞《せりふ》のようで、藤兵衛から苦笑がもれた。これでよかったのだとしみじみ思う。

「そら、池を見ていてくださいやし」

清七の声が聞こえ、桃は手許《てもと》から明るい庭へ眩《まぶ》しそうに目をむけた。

「お父っつぁま、わたしね……」

「うん？　なんだい」

藤兵衛も娘と一緒にふたりを眺めた。どうやら清七は里久を描きはじめたようだ。

「わたし、清七さんはちょっと苦手だったの。近寄りがたいっていうか、丸藤のお抱えになったばかりのころは怖かったぐらいよ」

「職人は多かれ少なかれ、みんなそんなもんだよ。隣の五平《ごへい》さんだってそうだろう」

五平は丸藤の西隣の「三益屋《みますや》」のあるじだ。三益屋は時計を商っており、五平は修理をする時計師でもあった。だから店の主人というよりは、職人といったほうがしっくりくる。

「飾り職も厳しい世界だからな。苦労して親方の許から独り立ちしても、食っていける者はひと握りだ」

腕も感性も磨きつづけていかねばならない。日々、ほかの職人と切磋《せっさ》琢磨《たくま》だ。自然と人を寄せつけない雰囲気をかもし出す。しかしいまの清七はなんの険《けん》も纏《まと》わず、里久にまた簪をおつくりしますよと話している。

「どんなのがよろしいですかい」

「そうだねえ、金魚がいいな」

「冬に金魚ですかい。あっ、ほらじっとしていてくださいよ」

ふたりの穏やかな会話が耳に心地いい。

「もう疲れちゃったよ」

里久は庭を歩きだした。清七のやさしい眼差《まなざ》しが娘を追ってゆく。

「あれもあんな目をするようになったんだな。ずいぶん丸くなったもんだ」

清七のことはよく知っていると思っていたが、藤兵衛には新鮮な驚きであった。

「まあ、お父っつぁまったら。清七さんがあんな目をしなさるのは、姉さんにだけよ。姉さんにしたって、わたしたちに見せる顔とは、どこか違うでしょ」

「そうか？」

「そうよ」

言われてみれば、里久はいつもの開けっぴろげな明るさとは違い、どこかしおらしくもあった。しかしそれはつまり――。

藤兵衛は桃に顔を戻した。

「まさか、ふたりは憎からず想《おも》い合っているっていうのかい」

「さあ、どうかしら」

桃は眉をひょいとあげた。そんなふうにすると須万そっくりだ。

「でも姉さんはきっとそうよ」

「おいおい、清七は職人だよ」

いくら想っていても、里久の婿にはなりえない。

桃はそれについてはなにも言わない。ただふたりを眺めている。

清七か……。

藤兵衛はふたたび庭に目をやる。里久が黄色い小菊を一輪摘《つ》んでいた。色は違えど坪庭の菊とおなじで須万と選んだものだ。里久が駆け戻ってきて花を清七に渡した。

「ほら、いい香りだよ」

清七は受けとって礼を言う。

里久が嫁に来たばかりの須万の姿と重なって、藤兵衛は低く呻《うめ》いた。

しかし職人では……。

あれから冷たい小雨が幾度か降った。そのたびに木々の葉は色づきを濃くしていった。

あるじ部屋の床の間にも、紅葉した楓《かえで》と赤い小菊が飾られている。

「耕之助さんが牡丹餅《ぼたもち》をおいしそうに食べていますよ」

須万が火鉢から鉄瓶をおろし、茶を淹《い》れながら可笑《おか》しそうに言った。

今日は十月の最初の亥《い》の日であった。この日は玄猪《げんちょ》といい、武家の屋敷では火鉢を出す。

武家ではないが、丸藤も昔からこの日に火鉢を出していた。また玄猪は牡丹餅を食べる風習もあり、耕之助は内所《ないしょ》で桃の淹れた茶とともに、牡丹餅に舌鼓をうっているという。

　このごろやっと嫁入り仕度の愚痴もへり、いまもほほ笑ましいとよろこぶ須万ではあったが、妹の幸せを目にすると、どうしても上の娘のことが気にかかるようで、「どなたかに取り持っていただきましょうか」と相談とも独り言ともつかぬことをつぶやいていた。

　そんな女房に藤兵衛は、じつはな、と里久と清七のことを明かした。

「このまえ桃に教えられてな。その様子じゃあ、おまえも気づいていなかったようだね」

　須万は驚きで青眉をめいっぱい吊りあげている。

「ええ……ちっとも。けどおまえさま、清七さんは職人でございますよ」

　やはり問題はそこなのだ。

　藤兵衛はこの数日、悩み考えぬいたことを口にした。

「須万、わたしはね、清七を丸藤の婿に迎えてもいいと思っているんだよ」

「で、でもおまえさま」

「まあ聞きなさい。丸藤が多くの職人を抱えているのは、おまえも承知だろ」

「ええ、もちろんでございますとも」

「丸藤の次のあるじになる者が、かつては職人であったとなれば、抱える職人たちは自分たちのことをよく知ってくれていると安心し、信頼も増すのではないか。抱えるこちらにとっても、職人たちとの関わりがより円滑になるのは請け合いだ。それになにより須万、清七の人柄は丸藤の婿にふさわしいと思わないかい」

「そう言われましても……」

須万は急須《きゅうす》を手にしたまま困惑する。

「そうだな、すぐにどうこう言うのは無理だろう。おまえもよく考えてみてくれんか」

「おまえさまは本気なのでございますね」

藤兵衛は女房にこくりとうなずいた。

「ああ、本気だ」


昼下がりの表は冷たい空《から》っ風《かぜ》が吹いていた。

「では行ってくるよ」

「お気をつけていってらっしゃいまし」

番頭に見送られ、藤兵衛は首に寒さよけの襟巻《えりま》きをして供も連れずにひとり店を出た。

丸藤の前の両替町《りょうがえちょう》通りを日本橋北通りへと出て、そのまま筋違御門《すじかいごもん》に向かって北へまっすぐに歩く。通りは相変わらずのにぎわいをみせていた。十軒店《じっけんだな》本町、本銀町《ほんしろがねちょう》と歩き、神田鍛冶町《かんだかじちょう》一丁目の横丁を東に折れた。薬師新道《やくしじんみち》の通りにぬけるまでの間にある、鉄物問屋《かなものといや》の横の路地を奥に入っていく。そこに清七が住んでいる裏店《うらだな》があった。

藤兵衛は長屋の木戸をくぐった。鍛冶町というだけあって、金槌《かなづち》を打つ甲高《かんだか》く硬い音が長屋のあちこちから聞こえていた。突き当たりの井戸端ではおかみさん連中が菜を洗い、子どもたちは歓声をあげて走りまわっている。

藤兵衛は清七と書かれた腰高油障子戸の前に立った。ここからも金槌の音がしていた。

「ごめんなさいよ、清七さんはいるかね」

音がぴたりとやみ、へい、と返事がして閉まっていた戸がごとりと開いた。

顔を出した清七は、訪ねてきた者が藤兵衛と知って、目を剝《む》いた。

「これは丸藤の旦那っ」

「とつぜんにすまんな。ちょいと話したいことがあってね」

「あっしにですかい」

「ああ、大事な話だ」

清七はちらと部屋を振り返った。ちょっと迷っていたようだが、大店《おおだな》の主人が自らやってきたのはよっぽどのことだと思ったようで、緊張を顔に張りつけ、「散らかっておりやすが」と藤兵衛を中へ招じ入れた。

「茶どころか、座布団もねえありさまで。お恥ずかしいかぎりで」

清七が急いで上がり端《はな》の埃《ほこり》を払い、藤兵衛はそこへ腰かけた。襟巻きをはずし、おずおずとさし出された白湯《さゆ》を受けとった。狭い部屋内は、おおかたを作業場である土間が占めていた。竈《へつつい》には鞴《ふいご》が置かれ、赤い火が熾《おこ》っていた。そのおかげで寒くはなかった。竈と少し離れて机というには大きい台が据えてあり、金槌や、鑢《やすり》や、手に馴染《なじ》んだ道具がすぐにとれるよう整然と置かれていた。所帯道具は板敷きに夜具が畳んであるだけで、あとは火鉢がひとつに土鍋《どなべ》、それに茶碗《ちゃわん》と箸《はし》くらいのものだ。若い男のひとり暮らしは耕之助のところで見ていたが、それにしても包丁のひとつすらなかった。

「飯はどうしているんだい」

清七は台の前の敷物に膝をそろえ、藤兵衛を見あげている。

「なじみの店屋《てんや》で食べたり買ったりして、適当にすませてまさあ」

男のひとり暮らしを気楽にやっているという。

「それで旦那、あっしに話というのは。簪になにか――」

清七は納めた品に不備があったのかと心配していた。

「いや、そういうことではないんだよ。どれもみな、よい簪でした」

「さいですかい、そいつはよかった」

清七はほっと緊張の糸をゆるめたが、ではどのようなお話で、と戸惑いをみせた。

「里久のことなんだよ」

「お嬢さんの……」

「そうだ」

藤兵衛は手の中の湯呑《ゆの》みを板敷きに置いた。

「清七、おまえ、里久と夫婦《めおと》になる気はないかい」

「へっ？」

と言ったっきり、清七はぽかんと口をあけた。瞬《まばた》きも忘れたようだ。

「どうだい、丸藤へ婿に入って、里久と店をやってはくれんか」

藤兵衛は言葉を重ねた。

「ちょっ、ちょっと待っておくんなさい」

清七は藤兵衛の話を遮《さえぎ》った。

「旦那、あっしは」

「飾り職人だと言いたいんだろ」

話の先まわりをした藤兵衛に、清七はこくこくとうなずく。

「そのことで、わたしも須万もさんざ迷った。だが、おまえという男を見込んでのことだ」

須万は藤兵衛の思いを打ち明けられてから、ご新造《しんぞう》仲間との紅葉狩りも断り、ひとり部屋にこもっていた。そして昨日、あるじ部屋へやってきた。

――たとえ里久が店に立つのを承知のうえで、大店の次男坊を婿に迎えたとしても、お相手の方はきっと世間がいう女房をあの娘に求めてしまうでしょうよ。里久だって婿にきてくれた手前、どうにか応《こた》えようとする。でも、それがあの娘にとって幸せではないことは、わたしがいちばんわかっていますさ。そこへいくと、清七さんはあの娘をよく知ってくれています。あのままの里久を受けとめてくれるに違いありません。考えれば考えるほど、よいご縁かと。

須万はそう言って清七の婿入りに賛成した。

「わたしも須万とおなじ思いだ。おまえなら、店も里久も守ってくれる。里久と共に丸藤を守《も》り立ててくれると信じている」

「買いかぶりもいいところです」

清七は当惑の色を濃くする。

「里久は嫌いか」

「そういうことを言ってるんじゃねえです」

「わたしは、そういうことを言っている。里久はおまえを好いているよ。なに、父親だからわかるさ」

桃に教えられたことは秘密だ。

まさか、と清七は本気にしない。

「本当だ」

「…………」

「おまえはどうだい、里久を好いてくれているかい」

清七はうなずかなかった。黙ったままだ。しかし首を横へもふらなかった。それがこの男の精一杯の返事なのだ。

「よかったよ」

想いが片方だけでないことに、藤兵衛は安堵《あんど》する。だが清七の顔は苦渋に歪《ゆが》んでいった。

「すまない……」

藤兵衛は詫《わ》びた。

「ひどく酷なことを言っているとわかっている。なんたって、おまえに飾り職人を捨ててくれと言っているのだからな。丸藤としても腕のいい職人を失うのは痛恨のきわみだ。だが、なにもかも重々承知のうえでこうして頼んでいる。どうかこの縁組《はなし》にうんと言ってくれんか。里久と夫婦になって店の主人になると、わたしたちと家族になると言ってくれんか」

藤兵衛は板敷きにあがり、

「このとおりだ」

と清七に手をついて頭をさげた。

「旦那……」

ごとりと戸が閉まり、藤兵衛が出ていった。

清七はあまりのことに動けず、見送りもできなかった。

おれが丸藤のあるじに。里久お嬢さんと夫婦に――。

清七は戸から土間の隅へと目を転じた。水瓶《みずがめ》の蓋《ふた》のうえに、黄色い小菊が欠けた茶碗に活《い》けてあった。

――ほら、いい香りだよ。

花をさし出した里久を、清七は思い出していた。


里久と桃は茶会の帰り道であった。

十月は茶人の正月とも呼ばれ、茶会を催す月でもある。武家では火鉢を出す最初の亥の日に、町家では武家に遠慮して次の亥の日に催されることが多い。以前に通っていたところでは武家にならっていたのだが、いま通っている和野《かずの》のところでは町家での日取りだった。そして今日がその日であった。

和野の稽古場《けいこば》は、野点《のだて》などしてみんなで盛りあげた甲斐《かい》もあり、お弟子もふえた。

そうなると里久は古参の類《たぐい》になる。年もいちばんうえだ。だから今日の茶会ではよいところを見せようと意気込んで出かけたのだが、手順は間違えるわ、少しましになったとはいえ、やっぱり足はしびれて立てないわで、新しいお弟子たちをはらはらさせどおしだった。一方の桃はといえば、流れるようなお点前《てまえ》でみなをうっとりさせていた。

「どうしてこうも姉妹で違うのかなあ」

里久は道端の小石を蹴った。

「あら、まえに比べればずいぶん上達してるわよ。ひとりでお点前ができたんですもの」

桃は、ふふっと笑ってなぐさめてくれたが、里久はやっぱり落ち込んだ。

「なんでもそつなくこなせる桃がうらやましいよ。それなのに、ほんとうにお茶のお稽古をやめてしまうのかい」

里久はまた石を蹴る。

師匠の和野は、新しい弟子たちが帰ったあと、座敷にお栄《えい》と智絵《ともえ》の昔からの弟子だけになると、桃に来春お嫁にいってからも稽古に通えるのかとたずねてきた。

みんなには、桃と耕之助との縁組がまとまったことは伝えてあった。

桃は忙しくなるから無理そうだと返答した。和野は、嫁にいけば暮らしが変わるから致し方ございませんねと言ったが、お栄と智絵は寂しくなると残念がった。そして桃の思い切った決断に改めて感嘆し、また、うらやましがりもした。

「だって、わたしたちは家付き娘ですもの」

お栄は料理茶屋「松風《まつかぜ》」の、智絵は置屋《おきや》のひとり娘で、将来はどちらも若女将《わかおかみ》だ。

「だから婿をとる立場でしょう。その婿だって好きかどうかなんて二の次、三の次。大事なのは店にとってどうかですもの」

娘たちは、ねえー、と互いを見やる。

「里久お姉さまだってそうでしょう」

「まあ、そういうことになるか」

と里久も相槌《あいづち》をうったのだが、それがあんまり呑気《のんき》に聞こえたらしく、娘たちは、いちばん年上なのに実感がこもってないと呆《あき》れ、でも里久お姉さまらしいと、ころころ笑った。

「大事なのは店にとってどうか……か。姉さんもそうお思いになる?」

桃もまた、娘たちとのやりとりを思い出していたようだ。

「まあ、跡取り娘としてはそうだねぇ」

桃が足をとめたから里久も立ちどまった。

「どうしたんだい」

桃は里久をまっすぐ見た。

「妹の気楽さだって怒ったっていいわ。だから言わせてちょうだいな。……姉さんには好いたおひとがいるんじゃない。清七さんを好いているんじゃなくって。違う?」

「なにを言うかと思ったら」

里久は鼻を鳴らしておどけた。でも桃は笑わない。形のよい唇をきゅっと結んでいる。

「桃、いったいどうしたんだよ」

「わたし、姉さんにはずっと申し訳なく思っているの。だって、わたしだけ好きなひとと夫婦になれて、姉さんはなれないなんて。跡取りだからって、そんなの——」

桃は感極まったのか両の手で顔を覆《おお》った。

「馬鹿だなあ、桃は」

丸藤へ戻るには道を右に折れ、本両替町通りに入る。だが里久はそのまま歩き、常盤橋《ときわばし》御門《ごもん》まえのお堀端のすみに桃を寄せた。供についてきていた豆吉が中間《ちゅうげん》を従えたお武家をおっかなそうに眺めていたが、すぐに頭上を飛び交うとんぼに夢中になった。

里久は桃と並んでお城の白壁の眩しさに目を細めた。

「ねえ桃、申し訳ないなんて言わないでおくれよ。わたしは桃と耕之助が晴れて夫婦になれることが、とってもうれしいんだから。それにさ、清七さんのことは好きだよ。でも太一郎兄さんとおんなじなんだよ」

太一郎は品川で一緒に育った従兄《いとこ》だ。本当の兄のように慕っている。

「清七さんは江戸の兄さんってとこかな」

「姉さん……」

桃の少し薄づくりのやさしげな眉が、これ以上ないほどにさがる。

「ほらあ、桃にしめっぽい顔は似合わないよ。笑っておくれ。それにさ、わたしの婿取りなんてまだまだ先の話だよ」

さあ帰ろう。里久は桃と手をつないだ。

「番頭さんが首を長くして待っているよ」

里久もいまでは立派な働き手のひとりだ。茶会で朝から留守をして、人手が足りずに困っていることだろう。

「豆吉ぃー、帰るよう」

里久はとんぼを追いかけて一石橋《いちこくばし》のほうまで行ってしまった小僧を呼んだ。豆吉が子犬のように駆けてくる。やっと桃が笑った。

「お民も桃を待っているんだろ」

「ええ」

桃はしっかり者のおかみさんになるために、民にお菜《かず》を習っている。

「今日はなにを教わるんだい」

「鯖《さば》の味噌煮《みそに》よ。吉蔵さんがすすめてくれた味噌でつくるの」

「豆吉、今夜のお菜は鯖の味噌煮だよ、楽しみだねえ」

里久は息を切らせて戻ってきた豆吉に教えてやる。豆吉は、へい、と元気に返事をし、垂れた洟《はな》を袖でぬぐった。

丸藤はもうすぐそこという瀬戸物町《せとものちよう》まで戻ってきたとき、店先に番頭が立って往来を右に左にうかがっているのが見えた。

「思ったとおりだ。やっぱり困っていたようだよ」

里久は番頭へ足を速めた。

「ごめんよう」

「ああ、里久お嬢さん、やっとお戻りで」

「すぐにお店に出るからね」

しかし番頭はそうではないと手をふった。

「奥のお座敷で旦那さまがお待ちでございます」

「お父っつぁまがかい、なんだろう」

「それは……お行きになればすぐにわかります」

番頭は「ささ、お早く」と里久の背を押した。

「お父っつぁま、里久です。戻りました」

里久は廊下に膝をついて声をかけた。中から藤兵衛の「お入り」という返事を待って、障子を開けた。と、飾り職人の清七が父親と向かい合って座っているのが目に飛び込んできた。さっき桃に好きなんだろうときかれたばかりの相手を前にして、里久は驚くと同時に、寒風にさらされて冷たい顔が火照《ほて》っていくのがわかった。

「なにをぼうっとしているの。早く入って、ここへお座んなさい」

藤兵衛の傍らには須万もいて、いつまでも廊下にいる娘をせきたてた。

「ああ、はいはい」

里久は障子を閉め、母親のそばへ座った。

「返事は一回でいいの」

須万がぺしりと膝をたたく。

清七がぷっと噴いて、いつものやさしい眼差しで、里久にはにかんだように笑った。

部屋はふんわり暖かい。火鉢にかけられた鉄瓶から湯気がのぼっていた。庭でひよどりが鳴いている。師匠の和野の庭でも山茶花《さざんか》をついばんでいた。

「茶会はどうだった」

藤兵衛にたずねられ、里久は正直に、お点前をしたのだが間違えてばかりだったと話した。須万の美しい青眉は、あがったりさがったりだ。藤兵衛は機嫌よく、そうかそうかと聞いている。

「あのう、ところでわたしになにか」

こんどは里久がたずねる番だった。清七がいるということは簪の相談事か。

このごろでは里久も商いの話に加わることが多くなった。だがそういうときは番頭も交えて店で話した。難しい注文のときは店の小座敷でだ。だがいまは場所も違うし番頭もいない。いるのは須万だ。なんの用事で呼ばれたのか、里久にはとんと見当がつかなかった。

藤兵衛は口にしていた茶を茶托《ちゃたく》に戻し、居ずまいをただした。

「里久、よくお聞き。じつはな、清七に丸藤へ婿にきてくれんかと頼んでいてな。おまえに異存がなければ婿になると、今日こうして返事をしに来てくれたんだ」

清七さんが婿――。桃とあんな話をしたから、耳までどうにかなったんだと思った。

「おまえさま、婚礼の日取りはいつごろになさいます。桃のこともありますし」

里久の横で須万が弾んだ声を出す。

「そうだなぁ、清七の都合はどうだい」

「あっしは旦那にお任せいたしやす」

清七が頭をさげる。

「じゃあ、来年の秋口ぐらいではどうだ」

「ええ、ようございますねえ」

須万の声はさらに弾む。

婚礼の日取り、秋口――やっぱり聞き間違いじゃない。

「おまえさま、お仲人《なこうど》はどなたにお頼みいたしましょう」

「そのまえに日にちだ。九月の――」

話はどんどんすすんでいく。

「ちょっ、ちょっと待っておくれよ」

よい日柄を調べていた藤兵衛と須万が、暦《こよみ》から顔をあげた。

「どうした里久」

「まあ、怖い顔をして。もっとうれしそうにしたらどうなんだい」

「お父っつぁま、おっ母さま、その手の冗談はよしとくれよ」

里久にはそうとしか思えなかった。

「この娘《こ》ったら、なんてこと言うんだい」

須万が叱《しか》った。

「このお縁組《はなし》はね、お父っつぁまが清七さんのお人柄を見込みなさったのはもちろんだけど、いちばんは、おまえの気持ちを汲《く》んでのことなんだよ。おまえが清七さんを好いているなぞ、女親なのに、わたしはちっとも知りませんでしたよ。でもお父っつぁまが――」

里久の全身が、かあっと熱くなった。もう須万の声も耳に入らない。

まだなにかしゃべっている須万から、里久はぎこちなく首を動かした。

清七が里久にこくりとうなずいた。それでこれが本当のことなのだとわかった。

清七さんとわたしが、夫婦。

でも、だって清七さんは――。

「ごめん、お客さまがお見えになるんだった」

里久は席を立ち、とにかく部屋を出た。

「里久、ちょっとお待ちなさい。おまえさま、あの娘は清七さんを好いているんじゃなかったんですか」

「いや、たしかに。里久っ」

両親の叫び声が追っかけてきたが、里久は足をとめなかった。廊下を台所へ走り、竈《かまど》の前でぎょっとする民と桃の横をすりぬけ、勝手口から外へ飛び出した。

荷車にぶつかりそうになったり、人足たちにどやされても、里久は長い袂《たもと》を翻《ひるがえ》して走りつづけた。

己《おのれ》の大きな下駄《げた》の音ではたと立ちどまったら、江戸橋《えどばし》のうえにいた。

鐘が鳴っていた。数えるとまだ七つ（午後四時ごろ）だというのに、本格的な冬に近づきつつある日脚は短く、空の半分はもう夕焼け色に染まっていた。

里久は橋を渡らず、船着場の石段をおりていった。中ほどで腰をおろす。目の前を荷足《にたり》舟《ぶね》が日本橋川を南へとおり過ぎてゆく。舟の艫先《ともさき》で半纏着《はんてんぎ》の男が煙草を燻《くゆ》らせ、日が暮れかかると急に寒くなってきやがる、と船頭の男に怒鳴るように話しているのが水面《みなも》伝いに聞こえてきた。しかし里久は寒さなんか感じなかった。頭は混乱していた。

太一郎兄さんとおんなじなんだよ。桃にそう言ったのは嘘《うそ》だった。いや、最初はそう思っていた。でもだんだんと太一郎に抱くものとは別の感情が、里久の胸を占めていった。

丸藤に清七がやってくればうれしくて、気づけば姿を目で追っていた。視線が合えば胸はきゅっとして、さよならと見送ったすぐにまた会いたくなって――いつのまにか清七を男として好きになっていた。

でもこの気持ちは強くしちゃいけないことも、里久にはわかっていた。自分は跡取り娘で、清七は腕のいい飾り職人なのだから。

「だから清七さんは江戸の兄さんなんだよ」

清七への想いをごまかし、妹のような心持ちでいようと里久は決めたのだ。

なのに――。

雁《かり》の群れが列をなして大川のほうへ飛んでいくのを里久は眺めた。

どのぐらいそうしていただろう。

「お嬢さん」

と声が降ってきた。振り仰ぐと石段のいちばんうえに清七が立っていた。息を弾ませ額にうっすら汗をかいている。よくここがわかったものだ。そう思ったのが顔に出たのか、たずねるたびに人が教えてくれやしたと清七はひっそり笑った。

「振袖姿の娘が走るのは目立つようですぜ」

清七は石段をおりてきた。

「そんなところへ座っていなさると尻《しり》が冷えやすぜ」

こっちはこんなにも頭がこんがらがっているっていうのに。

呑気な物言いに、なんだか腹が立ってきて、里久はぷいっとそっぽをむいた。

清七はちょっと遠慮するように間をあけて、里久の隣に腰をおろした。

ふたりは黙って川を眺める。しばらくして、清七が今月の七日でしたと話しだした。

「ちょうど立冬の日でした。旦那があっしの長屋までお出《い》でになりやして。あっしも話を聞かされたときは、さっきのお嬢さんのようにびっくりするやらで、正直参りやした」

ああ、そういうことか。里久は胸がちくりと痛むのと同時に腑《ふ》に落ちた。

「ごめんよ」

里久は川をむいたまま謝った。

「お父っつぁまに頼まれたら、そりゃあ断われないよね」

品を卸す先の主人だ。義理も恩もある。だから清七は婿になることを承知せざるをえなかったんだ。

「わたしからお父っつぁまに断わっておくよ。気を遣わせて悪かったね」

「違いやす」

と清七が言った。

「そりゃあ、お嬢さんの早合点というものだ。婿入りのことは、よくよく考えたうえで決めたことです」

「だったら清七さんはわかってないよ」

里久は冷たい石段に手をつき、体ごと清七を正面から見た。

「いいかい、丸藤の婿になるってことはね、わたしと夫婦になるってことは」

「わかっておりやす」

清七は里久を強く見返して応えた。

「お嬢さんと夫婦になるってことは、飾り職人をやめるってことです。考えるといったら、あっしにはこの一点しかございやせん。だから思い切るまでに刻《とき》がかかっちまった」

返事をするまでの七日の間、ろくに寝ないで考えた末に決めたことだと清七は言った。

「どうしてそこまでして」

里久はいたたまれない。そもそも清七にはもっとふさわしい女《ひと》がいるのではないか。たとえばお豊《とよ》のような。里久に友の顔が浮かんだ。

「そうだよ、なにも職人をやめてまでこんなお転婆《てんば》と一緒にならなくったって。お茶だって、お花だってできないよ。正座だっていまだに苦手だし、商いに夢中になったらほかのことは見えなくなるし、それに、それに」

言っているうちに惨《みじ》めになってきた。

清七の高笑いが、川風に流れてゆく。

「笑いごとじゃないよ」

「すいやせん。けどぜんぶ知っておりやす。それがお嬢さんです」

清七はやさしい眼差しを里久にむける。

「あっしにとってお嬢さんは、お日さんでさあ。眩しくって、暖かくて、遠くから眺めるおひと、そう思ってまいりやした。だが一緒に生きていいと言われた。この先あっしの傍らにはいつもお嬢さんがいる」

そして清七は、反対に里久がいない生き方を思ったという。

「たまらなく寂しくなりやした。それも怖いぐらいに。簪《かんざし》さえつくっていられたら十分だったあっしがですよ」

そんなことといままで感じたことなんてなかった、と清七はつぶやく。

「清七さん……」

「お嬢さん、あっしはね、お嬢さんとともに生きられるんなら、よろこんで飾り職を捨て、新しい道を選びまさあ」

清七の手が伸びてきて、指が里久の頬にふれた。

「お嬢さんは、あっしが婿じゃあ嫌ですかい」

里久の唇が震える。

「嫌なわけ、ないじゃないか」

「それを聞いて安心しやした。部屋から出ていかれたときはどうしようかと」

清七は里久を引き寄せた。里久は甘い目眩《めまい》でたおれてしまいそうだ。清七のひろくて堅い胸も、伝わってくる温かさも、

「わたしと清七さんが夫婦――」

想い人の胸の中でのささやきも、すべて夢ではない。

「よろこんでくれやすかい、お嬢さん」

「うん、とってもうれしいよ」

「あっしもです」

清七の腕に力がこもる。里久は目を閉じ清七の匂《にお》いに包まれた。


その夜、里久と桃はおなじ部屋で寝た。

こんなお目出度《めでた》い夜はそうなさいまし、と民が布団を並べて敷いてくれた。

「お民はまた洟をすすっていたわね。よっぽどうれしいのよ」

桃が里久へ寝返りをうって、うふふと笑った。

「彦爺《ひこじい》も帰るとき目を真っ赤にしていたわ」

姉さんは見たかときかれ、里久はうなずいた。

丸藤に清七と戻り、改めて双親《ふたおや》に夫婦になると伝えると、

「そうか、決めたか。須万、ほらやっぱりごらんな」

「里久や……まあまああまあ」

藤兵衛と須万のよろこびようといったらなかった。

このことは店の大戸がおろされてから、さっそく奉公人たちへも知らされた。

婿取りの話を主人から聞いていた番頭は、やれよかったと胸をなでおろした。奉公人た

ちは、昼間に清七が来てから奥で何事か起きているると察していたようだが、

「里久お嬢さんがとうとう。それも清七さんとでございますか！」

まさかまさかの出来事に、もう上を下への大騒ぎであった。

「みんな祝ってくれるかい」

と藤兵衛が言うのへ、もちろんでございます、とみなは店座敷に居ならび、

「おめでとうございます」

と一同そろって寿《ことほ》ぎを述べた。なかでもよろこんだのが長吉だった。

「ご自分の婿取りなのに、いままでのお嬢さんは、どこか他人事《ひとごと》のようでございましたからね。こう申してはなんですが、若いころの加納屋《かのうや》さんのようなお方が婿になられでもしたらどうしようかと、内心ひやひやしておりました」

と打ち明ける。加納屋は女房をかえりみなかった男だ。だが婿になるのは清七なのだ。

「里久お嬢さんを大事にしてくださること間違いなしです。それになにより、好いたおひととご夫婦になられることがうれしゅうございます」

ほう、と藤兵衛は感心する。

「長吉は里久の気持ちを知っていたのかい」

長吉は「そりゃもう」と胸を張った。

「やだなもう、好いたおひとだなんて」

里久は恥ずかしさのあまり、長吉の肩をばしばしたたいた。長吉は悲鳴をあげ、歓喜の涙に咽《むせ》ぶ民の丸い背に隠れた。彦作も座敷のすみで腰からさげた手拭《てぬぐ》いを目にあてている。

「まったく、少しはしおらしくおなりかと思えば、これじゃあいつものお嬢さんですよ」

嘆《なげ》く長吉に、みなは違いないとどっと笑った。

「やっぱり姉さんは清七さんが好きだったのね」

布団の中で桃がしみじみ言った。

「清七さん、姉さんが勝手口から出ていったのを知って、すぐに追いかけていきなさったのよ。ねえ、あれからふたりでどんなお話をしたの」

桃の黒い瞳が、枕行灯《まくらあんどん》の仄灯《ほのあか》りにつややかに光った。

里久は問われるまま、石段での話を桃に聞かせた。

「まあ……」と桃はうっとりだ。

「でもお父っつぁまがわたしの気持ちを知っていなさったのには、びっくりだよ」

桃はまたうふふと笑って、

「あれはね」

と、中庭での里久と清七を藤兵衛と眺めていたことを教えた。

「そのときわたし、つい言ってしまったの。きっと姉さんは清七さんを好きなんじゃないかって」

「桃にはかなわないよ、なんでもお見通しだ」

「清七さんといるときの姉さんのあんな幸せそうな顔を見たら、誰だって気づくわよ。長吉だって気づいていたんでしょ」

そんなにかい、と里久は己の顔をなでた。

「嫌だなあ、それで桃が心を痛めていたってわけだろ」

「それももうお終《しま》い。だって姉さんも好いたおひとと一緒になれるんですもの。それにしてもお父っつぁまは考えなすったものだわ」

本当によかったと桃はよろこぶ。

「うん、ありがとう」

でもね、と里久は暗い天井に目をむけた。

「お豊さんになんて言おう」

彦作が帰り、祝ってくれたみんなも奉公人部屋へ引きあげてゆくと、里久の高ぶっていた気持ちも落ち着いてきた。そしてお豊の顔がふたたび浮かんだ。

里久の大事な友達。その友達は清七を好いていた。それも里久よりうんと前から。裏切ってしまった罪の意識が、うれしい気持ちに翳《かげ》を落とす。

「もう友達でいてくれないかな」

「姉さん……」

「しかたがないよね」

里久はぎゅっと目を閉じた。


お豊が丸藤を訪れたのは、それから三日後の夕方のことであった。

豆吉の「おいでなさいましぃー」と客を迎える元気な声に顔をあげると、長暖簾《ながのれん》を小さく割ってお豊が顔をのぞかせていた。里久と目が合うと店先からすっと離れていく。

「待っておくれ」

里久は店土間の草履《ぞうり》をつっかけ、表へ出た。

お豊は隣の蠟燭《ろうそく》問屋との境の天水桶《てんすいおけ》のそばにいた。

里久が寄っていくと、お豊は早口で「清七さんとのことを聞いたわ」と言った。

清七が訪ねてきて、親方だったお豊の父親に里久とのことを報《しら》せたという。

「お豊さん」

友の名を呼んでみたものの、なにをどう話せばよいか里久にはわからない。しどろもどろする里久に、お豊はまた早口で「謝るのだけはやめてよね」と言った。

「許婚《いいなずけ》だったわけでもなし、ましてや好きになったのが先か後かだなんて関係ないから。それにあたし、清七さんがあんたを好いていることは知ってたわ。あんたの簪を拵《こしら》えている清七さんの顔つきは違っていたもの。でも、まさか婿入りとはね。あんたのお父っつぁんも思い切ったことをしなさる」

　そしてそれを清七が請けるとは。

「もう驚いたのなんの。うちのお父っつぁんなんて、あんまりびっくりして腰を抜かしたほどだ。まったく、すごい決心をしたもんだよ。それほどあんたのことを好いてるってことさ。恐れ入ったよ」

　だからあたしもきっぱり諦《あきら》めがついたと、お豊は通りから丸藤を見あげた。

「清七さんがここの旦那さまで、友達の亭主か。人生なんて、なにが起こるかわからないもんだね」

「……友達と言ってくれるのかい」

「当たり前だろ。おめでとう。清七さんをよろしく頼むよ」

　友の目に、きらりと光るものを里久は見た。

「お豊さん――」

「じゃあこれで」

　お豊は踵《きびす》を返して駆けてゆく。

「お豊さん、ありがとう」

　伊勢町へ戻ってきて、はじめて出来た友の背に、里久は心からの辞儀をした。

第六章　将来

「どうかしら、ちょっと薄かったかしら」

桃が鍋《なべ》からお菜《かず》を小皿に移し、民に味見を頼む。昼八つ（午後二時ごろ）の「丸藤」の台所では、大根と烏賊《いか》を煮るいい匂《にお》いが漂っていた。

里久は民からお菜を習っている妹を眺めながら、茶漬けの遅い昼餉《ひるげ》をとっていた。

「いえいえ、もう少し煮たら烏賊も軟らかくなりますし、大根にも味がよく染みて、ちょうどよくなりますよ」

ずいぶんお上手になられましたと褒《ほ》められて、桃はとってもうれしそうだ。ときどき耕之助の長屋にお菜を持っていったりしているから、今日もこれから行くのだろう。大和屋をやめた耕之助は、いまは通いで舂米屋《つきごめや》の「武蔵屋」で働いている。

「それにしても、お豊さんへの気兼ねもなくなったというのに、姉さんときたら」

桃が板敷きへ振り返り、やさしげな眉をつっとあげた。そうすると須万そっくりだ。

「なんだよう」

里久はいい音をさせて沢庵《たくあん》を齧《かじ》った。

「清七さんと、どっか遊びに行ったりしないの」

「人様が遊ぶときは商売屋が忙しいときだよ。桃だって知ってるだろ」

忙しいのは簪《かんざし》や櫛《くし》の注文ばかりではない。神無月《かんなづき》は神様がすべて出雲《いずも》の国へお集まりになる月だ。なので神社の祭礼は少ないものの、代わりに仏教の行事は多い。にぎやかなことを好む江戸っ子たちは、あっちの寺の祭り、こっちの寺の法会《ほうえ》や会式《えしき》と出かけてゆく。十月も二十日を過ぎたこのごろは紅葉もそろそろ終わりとあって、その前にと出かける者もさらに増す。せっかくだからおしゃれをしてと店に来てくれる客も多く、おかげで丸藤は大いに繁盛していた。

「わたしだって、そのぐらいのことは知ってるわ」

でも婿《むこ》取りが決まった娘が商売ばかりだなんて、と桃は小言も須万のようだ。

「姉さんたち、あれから会ってないんじゃない」

「しかたがないよ、清七さんだって忙しいんだから」

清七とは、石段で互いの気持ちを確かめあったあの日以来、会っていない。もう十日ほどになるか。清七にしたって顔見世や七五三の注文の品で大忙しだ。正月用に請けた注文を終わらせて職人を全《まっと》うすると、藤兵衛と番頭に話しているようだ。

軽い足音がして、小僧の豆吉が台所に顔を見せた。

「里久お嬢さん、いつでも出かけられます」

「わかった、すぐに行くから店で待っていておくれ」

豆吉は、へい、と返事をして戻っていく。

「あらお出かけ」

「これから紙問屋さんへ行くんだよ」

「佐知江《さちえ》さんとこのお店の」

「そっ、板紅《いたべに》の容《い》れ物に貼《は》る化粧紙を今年も卸してもらう手はずになっているんだ」

師走《しわす》の小寒《しょうかん》から寒の入《い》りで、大寒の間までを寒中《かんちゅう》という。一年でもっとも寒い時期で、このときつくった紅を寒紅《かんべに》といった。質がよく腐りにくいため、客は寒紅が売り出されるのをいまかいまかと待っている。さらにこの寒中の丑《うし》の日に売られる紅は、丑紅《うしべに》といって大人気だ。撫《な》で牛信仰と相まって小さな臥牛《がぎゅう》の置物が紅猪口《べにちょく》についてくる。これを祀《まつ》れば、年中健康で美しくもなれるというわけだ。しかし紅猪口は高直《こうじき》だ。どうにかして上質の丸藤の紅を多くの人へ。そう思って桃と考えたのが、丑の日にだけ商う板紅だった。

「手代頭《てだいがしら》さんから聞きましたよ」

民が話に入ってきた。板敷きにあがってきて里久の飯碗《めしわん》に茶をそそぐ。

「年々好評で、今年もまた数をおふやしになるとか」

「そうなんだよ、ねえ、いくつだと思う？」

里久は民と桃を交互に見た。ふたりは、さあ、と首をひねる。

里久は片手をひろげ、さらにもう片方の手の指を二本立てた。

「なんと、七百だよ」

民と桃は、まあ、とびっくりだ。

「お嬢さん、すごいじゃありませんか」

「たしか、商った最初の年は三百だったわよね。それが七百だなんて」

「そうなんだよう」

里久は鼻の穴を膨《ふく》らます。

「清七さんもがんばっているし、わたしもますますがんばらなくっちゃね。あっ、そうだ桃、白粉《おしろい》化粧のことだけどね」

丸藤は奥川筋船積問屋《おくかわすじふなづみといや》の加納屋に白粉を卸している。関八州《かんはっしゅう》や信州《しんしゅう》、越後《えちご》など、品を手にした遠い土地のお客のために、塗り方の手順を絵にして説いた錦絵《にしきえ》を拵《こしら》え、品を扱う店に置いてもらっている。里久はこれを新たにまた刷ることにした。前は年齢や肌の色の違いによっての塗り方を描いたが、こんどは顔立ちの違いによっての化粧の仕方を説いたものを刷ることにした。眉化粧が顔の輪郭によって違うように、白粉化粧も顔立ちによっていろいろあると桃は言う。たとえば、はっきりとした顔立ちには薄く塗り、紅を濃くするとか、ほかには、頤《おとがい》にかけて濃くしたり、鼻筋を濃くしたり――。しかし、あくまでこういう塗り方もございますよと紹介するものだ。

「ええ、わかっているわ。化粧の手ほどきを書いて茂吉さんに渡したらいいのよね」

「うん、頼んだよ」

里久は残っていた茶漬けをざざっとかっこみ、ごちそうさまと手を合わせて台所を出た。

どたばたと遠ざかる足音に、桃はため息をつく。

「まったく、姉さんの頭の中は商いのことでいっぱいね。一緒に過ごしたくないのかしら。清七さんだってそうよ」

「似た者同士なんでございますよ」

と民はからからと笑う。

「ご夫婦になられたら、お店をますます盛り上げていかれることでしょうね」

神田佐柄木町《さえきちょう》の紙問屋の店先には大八車がとまり、人足たちが荷の積み下ろしをしていた。手代が小僧を連れて店に入ってきた里久に気づき、お待ちしておりましたと丁重に出迎えた。里久は店座敷で熱い茶をよばれながら、奉公人たちが板の間に積み上げてゆく色紙を手にとり、丸藤で買い求めるものを選んでいった。色と数を確かめたら、板紅の容れ物を任せる細工職人の許《もと》へそのまま運んでもらうため、所を認《したた》めた紙を渡す。

やることがすべて終わったところへ、佐知江の亭主である店の主人があらわれた。

主人は奉公人がさっそく荷づくりをはじめた紙の山を見るなり、嘆息した。

「よくぞここまでのお品になされましたな」

「これも、無理を辛抱《しんぼう》して聞いてくださったこちらさまのおかげです。やっとまともな仕入れ値でいただけるようになりました」

里久はていねいに手をつき、向かい合って座った主人に礼を述べた。

以前は、半端に残った色紙を安く分けてもらっていた。紙問屋のほうでも、蔵に寝かせて年を越すよりはと応じてくれた。おかげでどうにか板紅をつづけてこられた。

この調子ならばと手代頭の惣介が、問屋の示す値で仕入れても採算がとれる数を算盤《そろばん》で弾《はじ》き出し、藤兵衛もうなずいての七百という数であった。紙問屋も儲《もう》けが出せるし、なにより師走を待たずに早く仕入れができることから、化粧紙貼りの内職を頼んでいる者たちにも、夜なべをしなくてすむとよろこばれた。

里久さん、と華やいだ声がした。内暖簾《うちのれん》を割って奥から佐知江が出てきた。

「丸藤さんが来ていなさると、うちの手代から聞いてね。やっぱり里久さんだった」

胸に赤子を抱いている。佐知江はこの年の七夕《たなばた》に女の子を産んでいた。

「桃さんと耕之助さんのご縁談が調《ととの》ったそうで」

佐知江は、おめでとうと祝ってくれた。

「ありがとう。それにしても、ずいぶん大きくなったねえ。ちょっと抱かせてもらっていいかい」

「もちろんよ」

佐知江は里久のひろげた腕に赤子をのせた。

「お祝いに来てくれたときは、おっかないって抱かなかったものね」

「あんまり小さくって、壊してしまうんじゃないかと怖かったんだよ」

なのに、あのとき里久の指をぎゅっと握った赤子の力は思いのほか強く、感激したのを憶《おぼ》えている。いま腕に抱いた赤子はずっしりと重たかった。分厚い綿入れからこっちを見つめるつぶらな瞳は、いつだったか、客にもらった黒飴《くろあめ》のようだ。

「かわいいねえ、初実《はつみ》ちゃんだったね。こんにちは初実ちゃん」

里久のうしろに控えていた豆吉もにじってきて、べろべろばあとあやす。赤子は「おうおう」となにか豆吉にしゃべっている。

「眉はわたしに似たようで、もう立派なのよ」

いまは美しい青眉の佐知江が、赤子にしては濃い娘の眉を指でなぞった。

娘時分の佐知江は、里久とおなじで眉が太かった。それがきっかけで仲良くなった。一緒に桃の眉化粧指南を受けたのは懐かしい思い出だ。

「どこぞの誰かに茶化《ちゃか》されて、泣かされでもしたらどうしようかしら」

いまから心配だという女房に、亭主が目を剝《む》いた。

「そんなやつがいたら、わたしが叱《しか》り飛ばしてやりますよ」

許婚《いいなずけ》の佐知江を泣かした張本人が顔を赤くして怒っているのだから、女たちはもう笑うしかない。ああ、おかしいったらないわ、と佐知江は笑いをおさめると、赤子を抱いて揺らしている里久をつくづく眺めた。

「ねえ、里久さんも婿取りをそろそろ考えてらっしゃるんじゃない」

「だとしても、その後もお店に立ちなさるのかい」

亭主がどちらともなく問うのへ、佐知江が当たり前じゃございませんかと答えた。

「いまさら奥でおとなしくお内儀なんて、里久さんにできやしませんからね」

「でも大店《おおだな》だよ。婿さんは女房が店に立つのを嫌がりはしないかい。それにお子が出来なすったらどうするんだい」

「大丈夫ですよ、里久さんが気持ちよく商いに打ちこめるよう、得心《とくしん》なさっているお方に婿に来てもらえばいいんですから」

「さて、そんな御仁《ごじん》がいるのやら」

佐知江の亭主はゆるゆると首をふる。

里久は「それがいてくれるんだよ」と大声でふたりに報《しら》せたかった。けれど正式にするのは、清七が請けた注文の簪をすべて納め終わり、商いを覚えるために丸藤に入る師走ごろだった。それまでは口にしてはいけないと、藤兵衛から里久や奉公人は固く口止めされていた。里久は言いたくてむずむずする口を顔ごと初実の綿毛のような髪にうずめる。温かくて、乳の甘い匂いがした。

「とにかく、商いをしない里久さんなんて、里久さんではありませんよ」

そう言って、佐知江はむずかりはじめた赤子を里久から引きとった。

手代が荷を積み終わったと知らせに来て、受け渡しの証文を主人にさし出した。主人はそこに示された売り掛けの額を見て、ほう、と驚き、「まさしくな」と印形《いんぎょう》をついた。

紙問屋からの帰りの道中、青物問屋が多い須田町《すだちょう》が近いからだろう、柿《かき》や林檎《りんご》を売る棒手振《ぼてふ》りと多く行き交った。いい匂いもしてきて、うしろから「きゅうっ」とかわいい音が聞こえてきた。振り返ると小僧の豆吉が腹を押さえていた。里久の腹も「ぐうっ」と鳴る。

「ははっ、こんな匂いをかいだらお腹も鳴るってもんだよねえ」

すぐ脇の木戸番小屋から流れてくる焼き芋《いも》の匂いであった。

里久は番小屋の男に声をかけた。

「ふたつおくれ」

「あいよ」

男が釜《かま》の木蓋《きぶた》をあげ、丸のまま蒸し焼きにした芋を紙に包んで里久にさし出した。

「豆吉、手拭《てぬぐ》いをお出し」

豆吉が腰にさげた手拭いを手にする。そこへ、ほいっ、とひとつのせてやった。

「あったけえ」

「いいかい、このことはふたりだけの秘密だからね。買い食いが知れたら番頭さんに大目玉だ」

唇に指を一本立てる里久に、豆吉は目を輝かせ、神妙にうなずいた。

「よし。さあ、おあがり」

豆吉は芋にふうふう息を吹きかけ、熱さをこらえてかぶりついた。

「あちっ、あめえ、うめえ」

里久もいそいそと自分の芋を半分に割った。盛大に湯気があがり、中は真っ黄色だ。ひと口頰張《ほおば》ればとろりと甘い。

「わあ、ほんとにおいしいねえ」

熱い芋をはふはふ頰張って、里久と豆吉はまた丸藤へ歩きだす。

「きれいでしたねえ」

豆吉は彩り豊かな化粧紙に驚いたと話した。

「あれがみいんな、板紅の容れ物になるんですねえ」

「そうだよお、あとは出来上がってくるのを店で待つばかりだ」

お店《たな》に納められる板紅には、丸藤の屋号と、臥牛の代わりに牛の絵が刷られている。この調子でさらに売る数をふやせれば、桃と最初に考えていた小さな牛の焼き物を板紅にぶらさげることができるかもしれない。そしたらもっとお客さんによろこんでもらえる。そうなるにはどうすれば――。里久は将来の板紅をいまから算段し、思い描く。と、佐知江の言葉が耳に蘇《よみがえ》ってきた。

――商いをしない里久さんなんて、里久さんではありませんよ。

まさにそのとおりだと里久は思った。

里久が店に立つきっかけは、父親の藤兵衛の提案だった。品川から戻ってきた里久が、伊勢町や家の者たちに馴染《なじ》めずにいるのを見かねてのことだ。里久も店の商売に少しでも関われたら、町にも人にも慣れるだろうとはりきった。でも最初からうまくいくわけがない。物を売ることの難しさを痛感し、なにも知らないことを思い知った。それでも店へ立ちつづけ、藤兵衛や奉公人たちからさまざまなことを教わった。店を訪れるお客たちからもだ。佐知江との眉化粧ひとつとっても、化粧は顔をきれいにするだけじゃない、そのひとに元気を運んできてくれるものだと学んだ。商いは品物を売るだけではなく、買うひとにとって、なにか大切なものを一緒に渡している。青物問屋のご隠居さまからは、そんなことを教わった。そのたびに小間物が好きになり、丸藤が好きになり、商いが好きになった。

たくさんのおひとに丸藤の品を――。いつしか里久の中でそんな想《おも》いがあふれ、いろんな品がうまれていった。

里久は初冬の澄んだ青空を見あげた。

これからも商いができる。好いたおひとと一緒になって、支え合っていける。

里久は己《おのれ》の幸せを噛《か》みしめ、空に亭主となるひとを思い浮かべた。あれからなかなか会えないのは里久だってやっぱり寂しかった。

「清七さんに会いたいな」

想いを口にしたときだ。「お嬢さん」と呼ばれた。えっ――。

どきりとし、辺りをきょろきょろ見まわした。いつのまにか神田鍛冶町まで戻ってきていた。そして里久たちがいる道の向かいの町角に、なんと清七が立っているではないか。

こっちに手をふる清七に芋が喉《のど》にぐっと詰まった。拳《こぶし》で胸をどんどんたたいている間に、清七は大八車をやり過ごし、道を渡ってくる。

会いたいと思ったばかりだが、どうしていまなのか。

そらごらん、大店の、それも縁組も決まった娘が往来で大口あけて芋なんか食べているからですよ。どこぞから須万の小言が聞こえてきそうで里久はとほほだ。

里久は急いでうしろ手に芋を隠した。

「豆吉、おまえもお隠し」

頬張っていた豆吉があわてて隠す。だがやっぱりばれていたようだ。やってきた清七は
「うめえでしょ」と目尻《めじり》に皺《しわ》を寄せた。

「あそこの木戸番屋は、川越芋《かわごえ》をつかっておりやすからね」

「清七さんも食べるかい」

里久はおずおずと芋の半分を清七にさし出した。

「おっ、こいつはありがてえ」

昼を食いそびれていたという清七は、里久から受けとった芋にかぶりついた。

「うん、うめえ」

ほら小僧さんも、と豆吉にすすめる。豆吉は里久を見る。里久がうなずいてやるとうれしげにまた頬張った。熱かったのだろう、こらえるようにその場で足踏みする。清七が喉仏を青空にさらして愉快そうに笑った。里久は心から清七が大好きだ。

「清七さんはどこに行くんだい」

「あっしは、いまから出来上がった簪をお店へお届けにあがるところです」

「わたしたちも丸藤へ帰るところだよ」

「そいじゃあ、ご一緒してもようございやすか」

「もちろんだよ。そっか、清七さんのお家《うち》はここらへんだったね」

「へい、あの道をちょいと横に入りやしてね」

里久と清七は、たわいないおしゃべりをしながら丸藤へと並んで歩いた。

「なんか甘い匂いがしませんか」

戻ってきた里久に、長吉が鼻をひくつかせる。

そろそろ七つ（午後四時ごろ）になるころで、店内には客がひとりだけだった。惣介が相手をしている。

「そうかい、なんの匂いもしないけどねえ」

里久がすっとぼけていたら、店の前を行きつ戻りつする男の足に気がついた。入る踏ん切りがつかないといったようだ。

「見てごらんよ長吉」

里久はこれ幸いと長吉に教えた。長吉も気づいて、

「いつぞやの茂吉さんのようですねえ」

と足を目で追った。

「あのときは茂吉さんの背中をどんと店内に押したっけ」

思い出したら冷や汗が出る。でもいまの里久はそんなことはしない。土間におり、暖簾をそっと割った。控えめに「おいでなさいませ」と声をかける。

「ご遠慮なさらず、ささどうぞ」

店座敷に腰をおろした男は、首をまわして店のあちこちに目をやる。

「丸藤へようおいでくださいました」

里久は改めて番頭仕込みの挨拶《あいさつ》で男を迎えた。

男はとたんに身を硬くし、こいつはどうも、と頭をさげた。振る舞い茶を運んできた豆吉にもおなじように頭をさげる。

「あっしは下谷《したや》広小路《ひろこうじ》で蕎麦《そば》屋を営《いとな》んでいる者でして」

男は名乗り、見世は「ことぶき庵《あん》」と教えた。四十手前か、毎日蕎麦を打っているというだけあって、がっしりとした体軀《たいく》の持ち主だ。

「女房に簪《かんざし》を買ってやりたくて」

ことぶき庵の主人は、ごつい手で照れたようにうなじをなでた。

「かしこまりました」

里久は主人からおかみさんの年を聞き、三十過ぎの女に似合いそうな簪をいくつか見つくろって主人の前へ置いた。漆《うるし》の葛籠《つづら》から取り出し、桐箱《きりばこ》を開ける。

「こちらが玉簪、こっちは銀の平打《ひらう》ち、それに鼈甲《べっこう》の変わり簪でございます」

里久はそれぞれのつくりや材を説明してゆく。どれも胸を張れるよい品だ。だがならべた簪はみな気に入らない様子であった。

「すまねえな。いや、いい簪なのはあっしでも見ればわかるよ。けどなんていうのかなあ、女房が挿《さ》したところを頭ん中に浮かべても、どれもしっくりこねえんだ」

しけた蕎麦屋がなに言っててんだとお思いだろうが、と主人は恐縮する。

「いいえ、そんなことちっとも思いませんよ」

しかし、どんなものならよいのだろう。

困っていたら、番頭へ簪を納め終わった清七が首をこちらへ伸ばし、蕎麦屋の主人に
「そんならご注文なさってはいかがです」と声をかけた。里久はぽんと手をうった。

「そうですよ、おかみさんにあった簪を拵《こしら》えましょう」

主人は清七をちらと見て、こちらさんは、と里久に目で問うてくる。

「簪の職人さんでしてね、そりゃあ腕がいいんですよ」

「さいですか」

清七は立ってくると主人の前へ膝を折り、とつぜん出しゃばりやしてと詫《わ》びた。

「いやいや、しかしつくるといっても……あっしにはさっぱりで」

主人は途方にくれる。

「どんなおかみさんですか」

里久はたずねた。

「女房ですかい、働き者のやつですよ」

湯気が立つ茶でひと息入れて、主人は話す。

「あっしらは屋台の二八蕎麦からはじめたんですよ。こつこつ商って、やっと見世がもてやして、人も何人か使うようになりやした。だが朝から晩まで働きづめはかわりやせん」

主人は年がら年中蕎麦を打ち、女房は丼鉢《どんぶりばち》がのった盆を手に、客の間を駆けずりまわる日々だ。

「この夏の墓参りの帰りでした。女房の兄がぽろっと言ったんですよ。丸藤の簪を挿すのを妹はずっと焦《こ》がれているってね」

だったら叶《かな》えてやろうじゃねえかと丸藤にやってきたものの、あまりの大店に怖《お》じ気《け》をふるっていたと明かす。

「贅沢《ぜいたく》も文句も言わねえ女だ。よろこばせてやりたいんだが。名をお菊っていいやす」

「菊――」

清七がつぶやいたと思ったら、懐《ふところ》から綴《つづ》り帳を取り出し、ぱらぱらと捲《めく》った。

「金簪《きんかん》はいかがです、意匠《いしょう》は、たとえばですが――ほら、これなんかどうでしょう」

見せた綴り帳には小菊が描かれていた。里久は清七と中庭で眺めた黄色い小菊を思い出す。清七との縁をとりもってくれた花といっていい。

「女房の名に因《ちな》んで菊の簪ですかい」

そいつはいいと主人も乗り気になった。

「金といっても派手にはなりやせん。浮上彫《うきあげぼり》で丸みのある、おかみさんの髪に映える簪にいたしやす」

清七が蕎麦屋の主人に説明する。その姿に里久はなんだか不思議な心持ちになった。夫婦《めおと》になれば、いつもこうして清七さんと商いができるんだ。清七との将来がとたんに現実味を帯びてきて、里久の胸はじんわり熱くなる。

「わかりやした、よろしくお願いいたしやす」

それからは話に番頭も加わって、値やら具体的な商談となった。

「お渡しできる日でございますが、いま注文が立てこんでおりまして、少々お待ちいただくことになりますが」

それでも早く手にしたい主人の思いに応《こた》えるべく、納める日は来月の末ごろまでにはなんとかというところで落ち着いた。

「無理をきいてもらってありがてえ。いやあ、来てよかった」

蕎麦屋の主人はほっとし、どこで油を売っているんだと女房が怒っているだろうよと笑い、やってきたときとは別人のように軽い足取りで帰っていった。

「清七さんが店にお入りになれば、こうしてお客さまによろこんでいただけるのですね」

注文帳に筆を走らせる番頭もまた、里久と清七が夫婦になってからの丸藤を思い描いているようだった。そこへ客を送り出し、隅で控えていた惣介が心配顔でやってきた。

「番頭さん、いまのご注文の簪ですが、どの職人さんに任せましょう」

「もちろんあっしがさせていただきやす」

清七が当然だと言わんばかりに即答した。

「ですが清七さんは、いま請けてもらっているもので手いっぱいではないですか」

手代頭の言葉を受けて番頭が注文帳を繰った。

「そうだねえ、顔見世の注文は今日ですべて納めてもらったが、まだ七五三がいくつか残っているし、正月の注文も——」

番頭は目を眇《すが》めた。

「おや、暗くなってきたね。豆吉、灯《あか》りをおつけ」

「へい」

外は暮れはじめていた。豆吉が店内の行灯《あんどん》に火を入れてゆく。そのうちのひとつを引き寄せ、番頭は「これもだね、ああ、これもだよ」と清七の請けている簪をかぞえた。

「あっしなら大丈夫です」

清七は食いさがった。

「あっしに任せておくんなさい。あっしの図案で、あっしが請けた簪です」

やらせてください、頼んまさあ、と何度も頭をさげる清七に、番頭と手代頭は顔を見合わせた。

里久は成り行きをはらはらと見守った。ほんとうは「番頭さん、わたしからも頼むよ」

と言いたいところだが、職人の采配《さいはい》はこのふたりの役目だ。軽々しく口を出してはいけないけじめを里久も覚えた。

番頭は長い間、帳面を睨《にら》んでいたが、わかりましたと綴りを閉じた。

「では、清七さんにお任せいたしましょう」

「いいのですか。お客さまにお渡しする日より、こちらへ納めてもらう期日は早《はよ》うございます。間に合いますかどうか」

惣介は難色を示す。

「ではこうしよう。新たに清七さんに任せるのはこの注文で終《しま》いだ」

「しかし……」

「手代頭のおまえの心配ももっともだよ。だが清七さんが飾り職人でいられるのも、あとほんのわずかだ。自ら請けたこの注文の簪が職人としての最後を飾る。これほど申し分のない仕事もないだろう。思い残すことなく、存分に腕をふるってもらおうじゃないか」

惣介はそれもそうだと思ったようで、わかりましたと意見を引いた。

「よかったね、清七さん」

里久はほっとした。清七がつくることができる。が、灯りに照らされた清七は、血の気が失《う》せた顔を強張《こわば》らせていた。どこを見ているのか焦点が定まらず、ぼうっとしている。

そんな清七を里久だけでなく、話の輪の外にいる長吉がじっと見つめていた。

「店に納める期日はしっかり守ってくださいましよ」

惣介が念を押す。

「清七さんなら心配はいらないよ」

なあ、と番頭に肩をたたかれ、清七は、はっと我に返った。

「へい、ありがとうございやす。お心づかい、感謝いたしやす。さあ、そうと決まればさっそく帰って仕事だ」

身のこなしも軽く腰をあげた清七は、もうふだんの清七であった。

里久は長吉と店の表まで見送った。日は暮れていた。

「出来上がりやしたらお嬢さんへ、いのいちばんにお見せいたしやす」

「うん、楽しみにしているよ」

里久は清七に丸藤の名が入った提灯《ちょうちん》を手渡した。

暗い通りをゆく清七が、こっちへ提灯を大きくまわす。灯りが線となって円を描く。

「あんなうれしそうな清七さん、はじめてですよ」

と長吉が笑った。

「ねえ、長吉……」

店内の行灯に照らされた清七のあの顔が、里久はどうにも気になった。

やっぱり清七さんは……。

里久は頭を掠《かす》めた思いを急いでふり払った。

そんなことない、だって清七さんは。

――あっしはね、お嬢さんとともに生きられるんなら、よろこんで飾り職を捨て、新しい道を選びまさあ。

そう言ってくれたじゃないか。あのとき、里久は清七の匂いに包まれながら聞いたのだ。

「はい、なんです？」

横に立つ長吉が里久を見おろした。

「ううん、なんでもない」

「……へんなお嬢さんですね。ほらまた提灯をふっていなさいますよ」

暗い通りの遠く、灯りが円を描く。

里久は清七に大きく手をふり返した。

「清七さん、またねえ」

第七章　ふたりの道

長屋の腰高障子の戸が鳴った。風かと思ったが「いるかい」と声がして、清七は手許《てもと》から目をあげた。へい、と返すと戸が開いて、半白髪《はんしらが》の男が顔をのぞかせた。お豊の父、清七のかつての親方だった勘八《かんぱち》であった。

「また降ってきやがった」

勘八は体の雪を払い、おお寒、と入ってきて、赤く熾《おこ》る竈《へっつい》の火に手をかざした。髪についた雪がとけていく。

「外が明るいと思っていやしたら雪でしたか」

清七は仄暗《ほのぐら》く光る油障子に目をやった。

十一月に入ったとたんに雪模様の日がつづいていた。昨日は久しぶりの晴れ間がひろがったが、今日はまた鉛色の雲が空を覆《おお》っていた。

「おうよ、七五三に降らなくてよかったよ」

「へい、まったくで」

七五三の注文で、八重桜に蝶《ちょう》が舞う両天簪《りょうてんかんざし》があった。難しい注文だったが、手代頭《てだいがしら》の惣介が屋敷廻《まわ》りのついでにわざわざ寄ってくれ、大いに気に入ってもらえたよと上機嫌で話してくれた。昨日、あの簪をつけて娘は無事にお参りをすませたろうか。

参るといえば今年は酉《とり》の市《いち》に行けなかった。里久と桃、それにお豊親子を引き連れて、吉原《よしわら》の裏手にある鷲《おおとり》神社の酉の市へ出かけるのが恒例のようになっていた。が、清七が忙しいこともあり、とりやめとなった。納める品が正月の簪になり、いくつか持っていった際に里久はしかたがないよと笑っていた。里久自身も、新たに刷った化粧の手ほどきの錦絵《にしきえ》を白粉《おしろい》とともに加納屋に卸すだの、板紅《いたべに》の容《い》れ物が出来上がってきはじめただのと、ばたばたしていた。

「取りこんでいたようだな」

勘八はようやく温まったようだ。

「いえ、ちょうど一服しようと思っていたところで。白湯《さゆ》しかありやせんが」

清七は火鉢の鉄瓶《てつびん》をとった。

「ありがとよ」

勘八はさし出された湯呑《ゆの》みを受けとって、上がり端《はな》に腰かけた。湯呑みを包みこむ節くれだった手は、年季の入った職人のそれだ。

勘八は板敷きに置かれた手拭《てぬぐ》いに顎《あご》をしゃくった。出来上がった三本の簪が並んでいた。福良雀《ふくらすずめ》に、打出の小槌《こづち》、万年青《おもと》と、どれも正月に髪を飾る目出度《めでた》い意匠《いしょう》の金銀簪だ。

「丸藤さんのところのかい」

「へい」

「見せてもらっていいかい」

「もちろんです」

勘八は簪を手にとった。ひとつひとつ吟味する。頑固だと知れる厳《いか》つい顔がほころぶ。

「いい簪だ。きりっとして、色気があって、惚《ほ》れ惚《ぼ》れするぜ。おれの腕を超えたなあ」

清七は「めっそうもねえ」と首をふった。

「なんも謙遜《けんそん》することたねえよ、本当のことだ」

勘八は清七がいる台へ目を動かした。簪の絵が描かれた紙がひろげられていた。

「菊かい」

「へい」

清七は絵を勘八に渡した。

「浮上彫《うきあげぼり》にして、細かいところは毛彫《けぼり》で表情をつけようと思っておりやす」

「いいな」

出来上がりが楽しみだと絵を眺めていた勘八だったが、徐々に顔が曇っていった。

「惜しいよ、こんな簪をつくれるってえのによ、丸藤の婿《むこ》に入って職人をやめちまうっていうんだからな。おれはどうにも惜しくてならねえ」

「親方、そのことはもう……」

「そうだった。悪《わ》りぃ、よろこばなきゃいけねえのにな。なんたって、てっきり独り身をとおすと思っていたおめえが、所帯を持つ気になったんだからよ。だが、うちの女房《かかあ》が怒っていたぞ。どうせならお豊の婿になってくれたらいいのにってよ」

勘八は体ごと揺すって低く笑った。

「そいで、これがおめえにとっちゃあ、最後の簪になるのかい」

「へい、さいで」

清七はうなずいた。菊の簪が終われば、丸藤の商いを覚えに通う手はずになっていた。

「そうかい、なら悔いのねえよう大事に拵《こしら》えろ。それが言いたくて今日は来たんだ」

勘八は、じゃまして悪かったな、と帰っていった。

見送ってからどれぐらい土間に立ち尽くしていたのだろう。

「おまえたち、いつまで遊んでんだい、夕飯だよ」

長屋のおかみさんの子どもを呼びつける声がして、清七はゆっくり瞬《まばた》きをした。

家の中は薄暗く、火鉢の炭は白い灰になっていた。閉まった戸が寒風に鳴る。

清七は戸を開けた。雪投げをしていた子どもたちが一目散に家へと帰ってゆく。お菜《かず》の匂いが辺りに漂う。雪はまだ降っていた。

清七は表に出、ぬかるんだ路地を歩きだした。

雪の町を人は無口に歩いてゆく。清七も黙々と歩いた。だが頭の中には声がこだましていた。

――清七さんが飾り職人でいられるのも、あとほんのわずかだ。

――そいで、これがおめえにとっちゃあ、最後の簪になるのかい。

――惜しいよ、こんな簪をつくれるってえのによ。

大通りを本両替町の通りへ折れた。瀬戸物町に出ている屋台の夜鳴き蕎麦《そば》の灯《あか》りをとおり過ぎると、なまこ壁のどっしりした風格の店構えが見えてきた。丸藤であった。

清七は足をとめ、軒につるされた重厚な額縁仕立ての看板を見あげた。

「お嬢さん……」

その声が聞こえたかのように白い道に店灯りがのび、内から里久が出てきた。うしろに長吉がついてくる。軒灯《けんとう》を灯《とも》すようで、長吉が風よけになり、蠟燭《ろうそく》を手にする里久を早く早くとせかしている。

「もう、わかってるよ。ほら長吉、しっかり風をよけておくれ。また消えちゃうよ」

凝《こご》った体に温《ぬく》もりがじんわり戻ってきた。ふたりのにぎやかな声とともに軒灯が灯る。

清七は店へ近づいていった。

「あれ、清七さんじゃないですか」

最初に気づいたのは長吉だった。里久が、えっ、と振り返って目をみはった。

「傘もささずにどうしたんだい。雪だらけじゃないか」

里久が清七の頭や肩に積もった雪を手で払ってくれる。灯りの中、里久の驚きの表情が、満面の笑みへとかわってゆく。

「お嬢さん……」

清七は人目も憚《はばか》らずに里久をぎゅっと抱きしめた。細い体が腕の中へすっぽりおさまる。おれはなにをたじろいでいる。胸をざわつかせているんだ。清七は己《おのれ》を叱責《しっせき》した。

後悔はねえ、なにもかも納得ずくで決めたんだ。

——本当かい。

誰かが問うた。耳を真っ赤にして背をむけている長吉ではない。番頭でも勘八でもない。

——本当に飾り職をやめられるのかい？　二度と簪をつくれなくなるんだぞ。どんなに腕がなっても、注文はほかの職人の手に渡るんだ。それをおまえは店座敷で、ただ眺めているんだぜ。

それでもいい。声の主に清七は言い放った。

おれはお嬢さんと生きると決めた。この娘を失うぐらいならおれは——。

清七は里久を抱きしめる腕に力をこめた。

「そうさ、なんの未練もねえ」

「清七さん……」

里久のくぐもった声が耳にとどいた。里久が腕の中で清七をまっすぐ見あげていた。

清七はぎくりとした。灯りを受けて光る里久の澄んだ瞳に、己が映っていた。

苦渋に顔を歪《ゆが》め、いまにも叫びだしそうな哀れな男。

こんな姿を好いた女に晒《さら》して、おれはいったいなにをしてやがる。

「すいやせん、あっしはどうかしてた」

清七はもういちど、すいやせん、と詫《わ》び、身を翻《ひるがえ》して暗い雪の通りを走った。


翌日、昼から清七のところへ出かけていた手代頭《てだいがしら》の惣介が、ほくほく顔で戻ってきて、出来上がった簪を番頭に見せていた。

「どれもようございましょう」

なかでも珊瑚《さんご》の玉で万年青《おもと》を模した意匠の簪を褒《ほ》めた。

「上品な華やぎがございましょう。七五三にとご注文いただいた簪をたいそう気に入っていただきまして、後日ご自分のものをと承《うけたまわ》った品にございます。この出来栄えなら満足していただけましょう」

店座敷で板紅の容れ物をかぞえていた里久は、七五三の簪を母親と受けとりにやってきた女の子を思い出した。あれはまだ清七の婿入り話が持ちあがる前だった。

——わあ、きれえ、わたしこの簪大好きよ！

早くつけたいとせがんで、大きなびらびらの両天簪を挿してもらった娘は、店座敷でうれしさのあまり跳ねていた。

「清七さんに任せた正月の品は、これですべてだったね」

番頭は手代頭に確かめる。

「さようでございます。いよいよ最後の簪に取りかかるようでございますよ」

里久は立ち上がった。番頭と手代頭が簪を桐箱にしまっているのを横目に、表の様子を見に行くふりをして、そっと店をぬけ出した。

外はよく晴れていて、風もなかった。里久は清七が住む長屋への道順を、焼き芋を食べながら教えてもらったとおりに辿《たど》った。薬師《やくし》新道《じんみち》の通りにぬける間にある、鉄物問屋《かなものといや》の脇の路地を奥へ入っていく。すれ違った魚の棒手振《ぼてふ》りは、大きな鮟鱇《あんこう》を担《かつ》いでいた。

里久は長屋の木戸口に立った。清七の住まいはと木札を見あげていたら、風呂敷《ふろしき》包みを抱えた女が、どうしなすったと声をかけてきた。振袖《ふりそで》姿の娘が供とはぐれ、道に迷っていると思われたようだ。

「小間物商丸藤の者でございます。飾り職の清七さんを訪ねてまいりました」

里久は店の者の手があかず、代わって言付《ことづ》けを伝えにきたと咄嗟《とっさ》に方便を口にした。女はここに住む長屋のおかみさんらしく、清七が丸藤の仕事をしていることを知っていた。それはご苦労さまでございますと、里久を清七の家へと案内してくれた。

「ほら、ここでござんす」

中からは小さく甲高《かんだか》い音が聞こえてきた。それじゃあと路地を引き返すおかみさんに礼を述べ、里久は訪《おとな》いを告げずに清七とある、腰高油障子戸に手をかけた。

三寸（約九センチ）ほど開けた隙間《すきま》から中をのぞいて、里久は息を呑んだ。

清七が台に覆いかぶさるようにして、一心に小さな金槌《かなづち》をたたいていた。固定した地金に鏨《たがね》をあて金槌をふるうさまは、里久が知る穏やかな清七ではなかった。己の技を必死に簪へ打ちこむ職人そのものであった。眼光は鋭く、唇を真一文字に固く結ぶ。その姿は挑みかかっているようにさえ見えた。苦しげで、それでいてじつに楽しそうで、幸せそうだった。簪にむける眼差《まなざ》しは熱く、よろこびにあふれていた。ふっと口許がほころぶ。簪を挿す蕎麦屋のおかみさんを思い描いているのが、里久には手にとるようにわかった。

「清七さん」

里久は戸口から清七に声をかけた。

「清七さん」

こんどは声を大きくして呼んだ。だが清七に里久の声はとどかない。

誰も踏み入ることのできない清七だけの世界が、そこにあった。

里久は戸を閉め、後退《あとずさ》った。踵《きびす》を返して重い足取りで木戸口まで戻ってきたら、長吉が立っていた。

「やはりここでございましたか」

長吉は里久のそばへやってきた。

「急に姿がお見えにならないので心配したじゃありませんか。おひとりでお出かけになるのはよしてくださいませ」

長吉は手に持っていた綿入れ半纏《はんてん》を里久に着せかけた。長吉の息は弾んでいた。裾《すそ》に泥が跳ねている。走ってきたのだろう。

「長吉、わたし――」

「お嬢さん」

長吉は強い口調で里久の口をつぐませた。

「余計なことをお考えになってはいけません。お嬢さんの幸せが清七さんの幸せなんですから」

「ほんとに……ほんとにそうなのかな」

里久の声は震える。

「そうに決まってますっ」

長吉は里久の手首を摑《つか》んで、ほら帰りますよ、とずんずん歩きだした。

里久は引っ張られながら路地を振り返る。清七は里久が来たことも知らず、簪を打っている。おなじ調子で鳴り響く音が、いつまでも里久の耳に聞こえていた。


熱い茶をすすって、里久はほうっと息をついた。桃が淹《い》れてくれた煎茶《せんちゃ》だった。

「温まった？」

「ありがとう、桃」

ぬかるんだ道に濡《ぬ》れて汚れた足袋《たび》を脱ぎ、里久は内所《ないしょ》の炬燵《こたつ》にあたっていた。冷えきった足の指先にも感覚が戻ってきた。

「おっ母《か》さまは」

どこにも姿が見えなかった。桃は呉服屋さんだと首をすくめた。

「足許が悪いっていうのに、嫁入り仕度の反物《たんもの》を選びにいきなさったわ。手代さんが持ってきなさるものは気に入らないんですって」

仕度は慎ましやかでいいのだと桃は言う。耕之助に肩身の狭い思いはさせたくないと。

「でもお父《と》っつぁまにね、少しはおっ母さまの気持ちも汲《く》みとって、折れるところは折れなさいと言われたの。だからひとつぐらいはおっ母さまのしたいようにしてもらおうと思って」

「そりゃあ、よろこんでいたろう」

　須万が呉服屋へ勇んでいく姿が目に浮かぶ。

「姉さんは大丈夫？　長吉から聞いたわよ。清七さんが不安がっていなさるんですってね。だから姉さんが気をやんでいるって、えらく心配していたわ」

　桃はしかたがないわよと言って、炬燵のうえにみかんをのせた。

「知らない商いの世界に飛びこみなさるんだもの。それもゆくゆくは店のあるじになんなさる。そりゃあ不安にもなるわ。そんなときはね、ふたりきりで会って、おいしいものでも食べて――」

　桃、と里久は妹の話をやんわり遮《さえぎ》った。

「桃がお茶のお稽古《けいこ》をやめるのは、嫁いで忙しくなるのもあるけど、月の謝礼のこともあるって、おっ母さまから聞いたよ」

　新所帯に習い事をつづけるほどの余裕はないのだ。

　桃は顔を赤らめ、うつむいた。

「ごめんよ、不躾《ぶしつけ》なことを言って」

　里久は謝った。

「でも教えてほしいんだ。耕之助と夫婦になれば、暮らしむきのなにもかもがかわるだろ。店にも立って、慣れないおさんどんもして、いままでの桃ではいられないよね。それでも桃は嫁ぐことに迷いはないかい」

「ないわ」

桃はつっと顔をあげ、きっぱり言った。

「うん、桃はそうだと思ったよ。けど、清七さんは迷っているんだ。不安に思っているんじゃない。婿になる、いや、職人をやめることを迷っている。わたしにはわかるんだよ」

「そんな……だって、それがもしほんとなら、姉さんはどうするつもりなの」

「……………わからない」

里久はみかんをひとつ手にし、皮をむく。部屋にすがすがしい香りが満ちた。

「お父っつぁまや、おっ母さまには話さないでおくれよ。心配させたくないんだ」

「わたしが妹の気楽さで、お父っつぁまに清七さんと姉さんのことを話したばっかりに余計なことをするんじゃなかった、と桃は唇を噛《か》んだ。

「姉さんにも好いたおひとと一緒になってもらいたくって、わたし」

「わかってるよ」

里久はみかんを半分に割って桃の手のひらにのせた。

「それに余計なことなんかじゃないさ。わたしは清七さんが大好きだもの。一緒になりたいもの」

「姉さん」

照れるな、と里久は三房いっぺんに口へ放りこんだ。

その夜、隣の部屋で桃はなんども寝返りをうっていた。が、ようやく寝たようだ。

寝床の里久は枕行灯《まくらあんどん》の灯りをほんの少し大きくし、握っていた簪《かんざし》をそっと頭上に掲げた。

清七が里久のためにつくってくれた金銀の貝と、波粒のビードロがあしらわれた簪だ。

簪は仄かな灯りに、月夜の浜辺のような静かな佇《たたず》まいをみせていた。

このいまも、清七さんはあの長屋で簪にむかっているのだろうか。

昼間の清七を思い浮かべる。苦しげでいて、楽しそうで、幸せそうな清七。熱い眼差しには、よろこびがあふれていた。その顔が、昨夜、雪の店先で抱きしめられたときにみせた、苦悶《くもん》の表情へとかわってゆく。

――お嬢さんの幸せが清七さんの幸せなんですから。

「わたしの幸せ」

里久の幸せは清七と生きていくこと。一緒に丸藤を守《も》り立てていくことだ。

ぎゅっと目を瞑《つむ》り、里久は簪を耳にあてた。潮騒《しおさい》が聞こえてくる。磯の香りが濃い。

――里久。

懐かしい声がして、品川の浜でおっ母さんが手をふっていた。

「おっ母さん！」

里久は夢中で駆けた。

「おめでとう、里久もとうとう人の女房になるんだねえ」

おっ母さんは風で流れる髪を手で押さえ、眩《まぶ》しそうに里久にほほ笑んだ。

「ありがとう、おっ母さん」

「ねっ、どんなおひとだい」

「清七さんといってね、穏やかで、いまのわたしのままでいいって言ってくれる、やさしいひとだよ」

「そうかい、そんなおひとに巡り合えたのかい。よかったねえ。けどおまえ、それにしてはやけに冴《さ》えない顔をしているじゃないか」

「おっ母さん……」

「ははあん、なにかあるね、なんだい、聞いてあげるから話してごらん」

「清七さんは……丸藤の婿と職人との間で苦しんでいるんだ」

「その清七さんがそう言ったのかい」

里久は首を横へふる。

「でもわたしにはわかるよ。ねえ、おっ母さん、どうしたらいい」

「どうしたらって、おまえは婿にきてもらいたいんだろ」

里久は首をたてにふる。

「だったら、そのおひとが悩んでいようが苦しんでいようが、知らんふりをすることだ。

いいじゃないか、それで丸く収まるんなら。それともなにかい、わたしや妹のように、おまえが嫁《とつ》いでいくかえ、この丸藤からさ」

「それは……」

強い風が吹いた。巻きあげられた砂に細めた目を開けたら、いつのまにか品川の母は浜の遠く彼方《かなた》にいた。

「おっ母さん、待って」

里久は砂浜を走った。だがどんなに走っても、母の許には近づけない。

「待っておくれよ、待って」

里久は、はっと目が覚めた。

寝床に半身を起こした里久は、ひどい寝汗をかいていた。

「わたしが……おっ母さんや桃のように……」

枕行灯の灯りに、畳に転がった簪が鈍く光っていた。


「まだなのかいっ」

冬の弱い陽《ひ》が射《さ》しこんだ店土間に、手代頭のきつい声が響いた。

朝からの惣介の苛立《いらだ》ちは、昼を過ぎてさらに強まっていた。今日は「ことぶき庵」の主人に品を渡す約束の日であった。なのに清七は簪をまだ持ってこない。

「二日前が店に納めてもらう期日だったのですよ。長屋を訪ねたときはもう出来上がっていたのです。そりゃあ、いい簪でした。ですが手直しをしたいと言われて。今日までには間に合わせると頭をさげなさるから、わたしだってそれではと戻ってきたのです。それなのに」

惣介の繰り言を、里久はつやつや花白粉を壁の箪笥《たんす》にしまいながら聞いていた。

「最後の簪なんだ、思い入れも強かろうよ」

番頭はこんなことははじめてだと困惑しながらも、清七を庇《かば》った。そこへ足音がし、表を見に行っていた長吉が、清七の背を押して入ってきた。

「遅くなっちまって、申し訳ございません」

土間に立った清七は、深々と頭をさげた。

番頭がすぐに桐箱《きりばこ》を受けとり、中の簪を検《あらた》める。

「はい、たしかに。結構な品でございます」

番頭はほっと胸をなでおろしたが、惣介の気持ちはおさまらなかった。

「お店は信用が第一、それは清七さんも十分承知のはずです」

惣介は土間におり、どういうつもりなんです、と清七に詰め寄った。

「惣介、よさないか」

と番頭がとめる。

「ですが番頭さん、これからはお店のことを覚えてもらうのですよ。こちらの仕事を軽んじられてはたまりません」

「決してそのようなことは」

清七はふたたび詫びる。里久が長屋を密《ひそ》かに訪れてから十日か。そのあいだに清七はやつれていた。

惣介、と里久は手代頭へ寄っていった。

「気を揉《も》ませて悪かったね。でもね、遅れたのは惣介がいま言ったようなことじゃないんだよ」

「お嬢さん……ではいったい」

「あのう」

長暖簾《ながのれん》が割れて、ことぶき庵の主人が店土間に立った。今日は横に女房を連れている。

「早すぎやしたかい」

「いえいえ、お待ちいたしておりました」

番頭は如才なく迎えた。

里久も座敷縁に三つ指ついて、ことぶき庵の夫婦を出迎えた。

「お待ちしておりました。お内儀さまもよう丸藤へおいでくださいました」

主人は片隅に控える清七を見るや、この職人さんにお願いしたんだと女房にささやいた。

清七は小腰をかがめる。

番頭が小座敷でごらんいただきましょうと里久に告げた。

「そうだね、ささ、こちらへ」

里久は夫婦を案内し、座敷口で振り返った。

「清七さんもどうぞ」

ことぶき庵の主人も「お願いしまさあ」と頼む。

清七は、へい、と返事し、草履《ぞうり》を脱いだ。

「あんたぁ」

小座敷に迎えられた女房は、品のよい部屋の設《しつら》えに心細げな声を出し、亭主の背に隠れるように座った。

「怖がるねえ。この丸藤の簪を挿《さ》すのを、おめえはずっと焦《こ》がれていたんだろ」

亭主は、今朝はじめて簪のことを女房に打ち明け、今日は昼の商いを早めに切り上げてきたのだと話した。

「まえにこいつの兄の話をしやしたが、その兄がこのちょいと先の瀬戸物町で夜鳴き蕎麦の屋台を出しておりやしてね」

里久は太い眉をあげた。

「そこなら何度も食べに行ったことがありますよ。わたしも奉公人たちも、寒い夜の楽しみなんです。鯖節《さばぶし》の出汁《だし》が濃い、おいしいお蕎麦ですよね」

「おい、よかったな。贔屓《ひいき》にしてくださっているとよ」

亭主が隣の女房を肘《ひじ》で小突いた。女房も緊張がほぐれたようだ。愛嬌《あいきょう》のある笑顔で、毎度ありがとうございますと礼を言った。

「娘んときはこいつも屋台を手伝っていやしてね、そんとき丸藤さんをよく見ていたようで、それでいつかはってな」

「おまえさんったら」

女房は顔を赤くする。

「そこまで思いつづけていただいて、小間物商冥利《みょうり》に尽きるというものです」

里久はありがとうございますと心からの感謝を伝えた。

長吉が品を葛籠《つづら》にのせて、恭《うやうや》しく運んできた。豆吉が振る舞い茶を出し、小さな手をつき、「ごゆっくり」と挨拶《あいさつ》してさがっていった。

座敷にまた四人だけになると、里久は葛籠を引き寄せ、桐箱を清七へさし出した。

「あっしがですかい」

戸惑う清七に、里久はうなずく。

清七は桐箱を手にした。

「これでございます」

と箱を夫婦の前へ置き、静かに蓋《ふた》を開けた。

「こいつぁ」

菊の意匠の金簪《きんかんざし》は、ふっくりと厚みがあり、花びらは筋まで細かく彫られていた。葉は風に吹かれているように躍動し、まるでいましがた摘《つ》んできたようであった。

「おまえさん――」

目は簪に釘《くぎ》づけのまま、女房は亭主の腕を掴む。

「おめえの名に因《ちな》んだ簪よ。お菊、ちょいと挿してみろよ」

「でも……」

「なんでえ、気に入らないのけ」

「こんな立派な簪、あたしにはもったいないよぅ」

「なに言ってやがる、おめえにふさわしい簪だ」

丼鉢《どんぶりばち》を毎日洗っているのだろう、掴んだ女房の赤く腫《は》れた手に、亭主は手を重ねる。

「どうぞつけてごらんくださいませ」

里久は畳をにじって女房のそばへいき、失礼いたしますと簪を髪に挿した。

「おっ、よく似合ってるぜ」

「ええ、ほんとに」

里久は部屋の手鏡を女房へ掲げた。

「ありがとうよ、おまえさん。ほんに夢のようだよう」

鏡を見入る女房が声を詰まらせながら、じつによい笑顔をみせる。

それにしてもいい簪だと亭主が唸る。

「さすが丸藤さんだ。よい職人さんを抱えていなさる」

主人は清七にも礼を言った。

「おまえさんに拵《こしら》えてもらってよかった。ありがとうよ」

「あっしのほうこそ、ご夫婦の簪をつくれて感謝しておりやす」

「夫婦の簪かい、うれしいことを言ってくれる。また頼みたくなっちまうぜ」

ぜひに、と里久は言葉を添える。

「こうしてお内儀さまにもお目にかかれましたし、次はどんな意匠がよいか、案を練っておきます」

「じゃあまた気張って働かねえとな。そんときがきたら、またおめえさんで頼みまさあ」

主人は清七にこんど蕎麦を食べに来てくれと誘い、暇《いとま》を告げた。

里久は夫婦と小座敷を出た。

「今後とも、どうぞ丸藤をご贔屓に。またのお越しをお待ち申しております」

身を寄せあって帰ってゆく夫婦を店座敷で見送った。

ふたりが去った店先は、北風に長暖簾が揺れていた。

うらやましい。里久は心の底からそう思う。あんな夫婦になれたなら。

でもね、おっ母さん、やっぱりわたしは知らんふりはできないよ。

里久はふっと微笑した。

「お疲れさまでございました」

番頭が寄ってきた。店内に客はなく、奉公人たちはそれぞれの仕事をしていた。惣介はお屋敷廻りの品をそろえ、長吉は豆吉に振る舞い茶の淹れ方を指南している。彦作は鏡を磨いている。忙《せわ》しない商いの一日の中にも、つかの間ゆったりとした刻が流れる。いまがそうだった。

「番頭さん、少しの間、清七さんとふたりだけにしておくれ」

「それはようございますが」

「ありがとう」

里久は立ち上がった。

奉公人たちが里久に顔をむけた。長吉の手許から茶の葉がこぼれる。

日が陰ったのか、薄暗い小座敷で清七は膝頭《ひざがしら》を摑んでうなだれていた。

里久は清七の正面に静かに座り、言った。

「ねえ清七さん、わたしたち、夫婦になるのをやめないかい」

清七がゆっくりと顔をあげた。目が驚きで大きく見開いてゆく。

「お嬢さん、どうして……お嬢さんはあっしのこと」

「好きさ、大好きだよ」

里久は想《おも》いを伝える。

ほかの誰かが清七の女房になるなんて嫌だ。想像するだけで胸は張り裂けそうだ。

「それならなぜ」

「なんども自分に言い聞かせたよ。このまま夫婦になればいいじゃないかって。わたしの幸せが清七さんの幸せだ、そう長吉も言ったしね」

「そのとおりです」

「それはね、わたしもなんだよ。わたしも、清七さんの幸せがわたしの幸せなんだ」

なら、清七の幸せとはなんだろう――。里久はずっと考えていた。

「丸藤の主人になって、ここで商人として生きていくことが清七さんの幸せかい？」

清七の唇がなにか言おうとして閉じた。

「生きる道が違う、それがわかったんだ。清七さんだって、ほんとはわかっているんじゃないのかい。だから簪を持ってこられなかったんだ。これを渡し終えたら職人も終わっちまう、二度と簪をつくれなくなるって。違うかい」

清七の体が小刻みに震える。

「それでもあっしは、お嬢さんと生きることを諦《あきら》めきれねえんです」

里久はうなずいた。里久だっておなじだ。

「わたしは諦めないよ。ねえ、清七さん」

里久は大好きなひとの名を呼ぶ。

「ふたりで、ことぶき庵のご夫婦のようになれたらどんなにいいだろうと思うよ。でもね、夫婦として交わらない道でも、横に並んで歩いてはいける。わたしたち、そうやって一緒に生きていこうよ」

だからお願いだよ。里久は清七の手をとった。

「もう我慢しないでおくれ。飾り職人をやめないでおくれ。わたしはいつもこの丸藤にいて、清七さんの簪が出来るのを楽しみにしてるから」

目の前が揺らいで、里久は清七とおでこをこつん、と合わせた。

重ねた手にこらえていたものがぽたりと落ちる。

「へへっ……」

「里久……」

清七の顎からも涙が滴り、里久の涙と溶け合ってゆく。

「……いい簪を拵《こ》さえて、お嬢さんに会いにきます」

「うん、待ってるよ」

「お嬢さん、ありがとうございやす」

「こちらこそありがとう、清七さん」

里久は清七から額をはなした。愛《いと》しいひとへ、出会ったばかりのころのように明るく、にっと笑った。

店内からはなんの物音もしない。

格子《こうし》窓の外を、冬鳥がにぎやかに鳴いて飛んでいった。

第八章　看板姉妹

障子に陽《ひ》が射《さ》した。朝から降りつづいた雪はやんだようだ。藤兵衛は洟《はな》をすする女房に目を戻した。

「もう嘆《なげ》くのはおやめ」

昨日、里久と清七が夫婦になるのをやめると言いにきた。里久が訳を話し終えるまで、清七は横でずっと頭をさげつづけていた。それから須万は嘆きっぱなしで、藤兵衛は難儀している。

「だって、おまえさま」

須万が手巾《しゅきん》から顔をあげ、腫《は》れた目をむけた。

「大事なものをとりあげるのは好いたおひとにすることじゃないって、里久は言っていましたけど、清七さんだってそれは十分承知のうえのことだったたじゃございませんか」

「それを言うな、ふたりで決めたことだ」

「好き合っているふたりなんですよ、それなのに……里久が不憫《ふびん》で。あの子を店に縛りつけたばっかりに」

　須万はまた手巾を目にあてる。

「それは違うと里久も言っていたじゃないか」

　藤兵衛だって訳を聞いているうち、須万とおなじ思いを強くした。実際、ふたりの前で口にもした。

「里久、店を背負わせてしまって申し訳ない」

　そのとき里久は言ったのだ。

「それは違うよ、お父《と》っつぁま。総領娘《そうりょう》だから『丸藤』の跡取りになったんじゃない。わたしが丸藤を好きになったから、大事な店だから跡を継ごうと決めたんだ。清七さんの簪《かんざし》が、わたしの丸藤だ。わたしは丸藤の里久として、飾り職人の清七さんと生きていくよ」

　うなずき合うふたりの赤い目を見れば、それこそ身を切る思いで決めたことだと知れる。言葉にできぬほど悲しかろう、苦しかろう。しかし、ふたりの表情は穏やかだった。そこには偽りも強がりも、迷いもない。

「おまえさまは店の主人として納得もできましょうが、母親のわたしとしては、つろうございます。娘の幸せが遠退《とおの》いたのですから」

「幸せはひとそれぞれだ。里久と桃の幸せが違うように、みんな違うさ。ところで里久はどこにいる、昼から姿が見えないが」

「今日は店が暇だから池の金魚に雪よけの屋根をつくってやるんだといって、彦作さんと庭におりますよ」

藤兵衛はくっと笑いをもらした。

「須万、熱い茶を淹《い》れておくれ。そうだ、翁屋《おきなや》の饅頭《まんじゅう》もあっただろう」

「もう、こんなときにおまえさまったら」

須万は手巾を懐《ふところ》へ捻《ね》じこみ、手拭《てぬぐ》いを手に火鉢の鉄瓶《てつびん》をとった。

池のまわりを彦作と雪かきをし、細竹で骨を組んで、うえから筵《むしろ》をかぶせた。

「半分ほどだけど、これで少しは寒くないかな」

沈む落ち葉の陰で金魚の尾ひれがゆらりと揺れる。

「そうじゃのう、きっとよろこんでおりますで」

彦作は細竹に筵を麻紐《あさひも》で結わえ、ちらりと里久を見た。

「そのう、大丈夫ですかのう」

彦作は清七と縁組を解消したことを案じてくれていた。

「それがさ、まいっちゃうよ。おっ母《か》さまや、お民にはおいおい泣かれるし、お豊さんには馬鹿だって怒鳴られるし」

里久は空にむかって大きく息を吐いた。白い息は冷えた空気にすぐに消えてゆく。

お豊は、清七との縁組が反古《ほご》になったことを母親から聞いたと言って、昼前に息せき切ってやってきた。清七が親方だった勘八に報《しら》せに来たという。

お豊は開口いちばん、あんた馬鹿よ、と言った。

「お店に入ったら、清七さんだって忙しさで迷っているどころじゃなくなるわよ」

「それは奉公人のみんなにも言われたんだけどね」

それでも里久は決めた道に悔いはなかった。

「あんたたちはそれでいいかもしれないけど、こっちはとばっちりを受けてんのよ」

「どういうことだい」

お豊は大きなため息をついた。

「うちのおっ母さんたら、あたしと清七さんを一緒にして親方を引き継いでもらえって、お父っつぁんにやいのやいの言ってんのよ」

里久は胸に手をあて痛みにたえる。

「でもあたしはまっぴらごめんだわ。夫婦にならないと決めたからって、ほかの女に未練たらたらな男なんて願い下げよっ」

まったくなに考えてんだか、とお豊は怒る。

ほんとはいまだって清七さんを好きなくせに。

「えっ、なんか言った」

「ううん、なんでもないよ」

「なに、言ってよ、友達だろ。言わないとこうしてやるんだから」

「なんでもないってば、やめておくれ、くすぐったいよ」

里久に寄り添ってやろうとするお豊の気持ちが胸に痛いほど沁みた。

彦作は里久からお豊との話を聞いて少し安堵《あんど》したようだったが、

「桃お嬢さんは悲しんでおられませんかのう」とまた案じた。

里久の清七への想《おも》いを父親に知らせなければよかったと、自分を責めていた妹だ。

「姉さんらしいと言ってくれたよ」

ついさっき、台所で耕之助に話しているのを、里久は廊下から立ち聞きしてしまった。

「姉さんはどこまでも懐の深いひとよ。みんな姉さんを好きになるのもわかるわ」

今日は鰈《かれい》の煮付けを桃は教わっていた。板敷きに腰かけている耕之助は、驚きを隠せない様子であった。

「わたしと夫婦《めおと》になるのを後悔してる」

桃がちらと耕之助に視線を投げた。

「どうしてだよ」

耕之助は口を尖《とが》らせる。

「だって、姉さんのこと好きだったでしょ」

桃は煮汁の味見に小皿を耕之助へ渡す。

「そりゃあ前はな、けどいまは桃ひと筋だよ」

「うまいこと言ってえ」

「ほんとだよ」

味をみて、いいんじゃないかと小皿を桃に返し、耕之助は「けどすごいな」と言った。

「結局、里久は清七さんを思って身を引いたんだろ。俺は桃に苦労を背負わせちまった。里久の背負うものも大きくした。正直、これでよかったのかって、いまでも悩むよ」

「やだ耕之助さん。もしかして、わたしに幸せを捨てさせただなんて、まだ思ってやしないでしょうね」

「そりゃあ……」

「あっ、思っているのね」

桃はやさしげな眉をきゅっとあげた。

「いい、わたしは捨てたんじゃないわよ、幸せを摑《つか》んだの。もっと自信を持ってよ」

桃に勢いよく背中をたたかれ、耕之助は咽《む》せた。

戸棚の横で寡黙《かもく》に膳《ぜん》をふいている民の頬《ほお》がふっとゆるんだ。

「お民がやっと笑ってくれた」

桃は板敷きにあがり、民の肩を抱いた。

「お民、大丈夫よ。清七さんが飾り職人をつづける、それが姉さんの望んだことよ。ふたりで選んだ幸せですもの」

里久にとってその言葉がどれほど心強く、うれしかったことか。

「長吉どんはどうしたかのう、えらく心配しておったが」

彦作はまだまだ案じる。

「屋根づくりを手伝っておくれと頼んだんだけど、ぷいっと店から出ていってしまって」

長吉は昨日からまともに目も合わせてくれない。

「きっと怒っているんだよ」

「誰が怒っているですって」

中庭の木戸が開いて、藁沓《わらぐつ》を履いた長吉が雪を踏みしめ、庭に入ってきた。ふたりのそばまでくると、はいどうぞ、と里久と彦作の手に紙の包みをひとつずつのせた。

「なんだい、わあ、温かいねえ。それにいい匂い、これは――」

がさごそと包みを開けたら焼き芋《いも》だった。

「どなたかと違って、番頭さんにちゃんとお許しをいただいておりますから、安心してどうぞ召し上がってくださいまし」

「なんだい、ばれていたのかい」

清七と食べた芋を思い出す。喉仏《のどぼとけ》を青空にさらして愉快に笑う清七を。

里久は切なさと一緒に芋をがぶりと頬張った。ほくほくしてとっても甘い。

「おいしいねえ」

こちらは丸のままではなく、ぶ厚く切った芋を焼き、塩と胡麻《ごま》をふりかけてある。

「まったくお嬢さんときたら」

長吉はもう少しおちょぼ口で食べろとうるさい。

「でもまあ、いつかきっと、そんな里久お嬢さんをそのまま受けとめてくれるおひとがあらわれますよ」

「そんなおひとがいるのかなあ」

里久はどうにも思えない。

「いらっしゃらなかったらしかたがございません。そのときは、わたしが里久お嬢さんのおそばにずっとおりますよ」

長吉はそう言って自分も大口で芋を頬張った。

「わしもおりますでの」

彦作が言ってくれる。

番頭も惣介もそっと見守ってくれている。里久に迷いも後悔もない。それでも胸にはぽっかりと穴が空いた。その穴を近しい者たちが深い情愛で埋めようとしてくれている。

「ありがとう。わたしは幸せ者だよ」

「ほらまた降ってきましたよ」

長吉が曇天を見あげた。薄陽の中、綿雪がひらひらと舞っていた。

「一年なんてあっというまですねえ」

「ほんにのう」

まったくだと里久もうなずく。

明日から師走であった。


師走になったかと思えば、すぐに寒《かん》の入《い》りである。

池の水も凍る寒さの中、丸藤の寒紅《かんべに》を求めようと朝早くから店は客でにぎわった。丑《うし》の日には恒例となった板紅《いたべに》を手に入れるため、さらに客が詰めかけた。はじめて経験する豆吉は目をまわす始末だ。

二つ折りの板紅は、色とりどりの化粧紙に牛の絵と赤い丸に藤の屋号が刷られている。開けば黒い漆《うるし》が塗られたうえに、上質の紅の証《あかし》である玉虫色《たまむしいろ》が光る。

「ますますおきれいになられますように」

里久は女たちひとりひとりに渡してゆく。板紅を受けとって、大事そうに胸にぎゅっと抱く女たちの華やいだ顔といったら。

大寒《だいかん》のころに餅《もち》をつけば、すぐに桃と民のお節を囲んでの正月だ。

「耕之助、行くぞー」

「よし、こいっ」

日本晴れの空に羽根を突き、二日の初売りで、おめでとうございますと挨拶《あいさつ》をしていたと思ったら、あっというまに春が来て、江戸は桜が満開となった。

そんな春爛漫《らんまん》のよき日、丸藤の軒先に幔幕《まんまく》が張りまわされた。

今日は耕之助と桃の祝言《しゅうげん》の日であった。

店先には伊勢町小町《いせちょうこまち》の花嫁姿をひと目見ようと、大勢の人たちが詰めかけている。出入りの鳶《とび》が餅をつき、菰樽《こもだる》の祝い酒を、彦作や味噌《みそ》屋の主となったかつての手代の吉蔵、手拭いの下絵師の茂吉が振る舞っていた。奉公人たちは祝いにやってきた贔屓《ひいき》客に茶菓を出したりと忙しい。奥では隣の時計屋のおとしや、吉蔵の女房、それに亀千代《かめちよ》姐《ねえ》さんまで手伝いに来てくれていて、民の采配《さいはい》で親戚筋や商い仲間の接待に立ち働いてくれている。

里久はというと台所にいた。

品川の漁師の網元である従兄《いとこ》の太一郎が祝いに桜鯛《さくらだい》を持ってきてくれ、朱塗りの桶《おけ》からはみ出すほどの大きな鯛に見入っていた。

「はあ、立派だねえ。桜鯛とはよく言ったものだよ」

この時季に獲《と》れる鯛というばかりではなく、まさに桜色の鱗《うろこ》が金銀をおびて光っていた。

「花嫁の姉さんがこんなところにいていいのかよ」

いつもは船の艫先《ともさき》に立って刺し子半纏《ばんてん》で漁をする太一郎も、今日は五つ紋の礼服姿だ。

「だって、仕度はできているし。それにわたしが手伝っても、お茶をこぼすだけだよ」

里久の装いも深紅《こきくれない》の地合いに、松竹梅の吉祥文《きっしょうもん》の大振袖姿だ。白梅に松は金糸の刺繡《ぬい》、竹は金泥《きんでい》で描かれている。

「とか言って、寂しいんだろ」

太一郎は鼻を鳴らす。

そうなのだ。目出度《めでた》いのに、嫁ぐのだってすぐそこなのに、遠くにいってしまうようで、里久は寂しくて、心許《こころもと》なくて――。

「大丈夫だよ、どこへいってもおめえの妹だ。これからもずっときょうだいだ」

「兄さん……」

そうだ、これからもずっとかわらず、桃とわたしは姉妹だ。

「いたいた」

と声がして、民が台所へ顔を出した。

「もう、こんなところにいらして、桃お嬢さんのお仕度ができましたよ。ごらんになってさしあげてくださいませ」

「ほら、いってこいよ」

太一郎が晴れやかに言って、里久の背中を押した。

「うん！」

里久は板敷きに駆けあがり、桃の部屋へ急いだ。

「桃ぉっ」

障子を開けたら須万がきゅっと睨《にら》んだ。

「なんです里久、こんなお目出度い日にまで廊下を走ったりして」

女髪結《かみゆ》いのお滝《たき》が肩を震わせている。そのむこうに――。

白無垢《しろむく》の内掛けに綿帽子《わたぼうし》をかぶった桃が座っていた。春の陽をうけ、唐織《からおり》の鶴《つる》が寿《ことほ》ぎの舞を舞っている。桃はまさに輝いていた。

「桃……とおってもきれいだよ」

「姉さん……」

桃の目に涙が盛りあがる。

「姉さん、伊勢町に、この丸藤に戻ってきてくれてありがとう。一緒に暮らせて桃は幸せでした」

「桃……」

里久の喉にも熱いものが込みあげてきた。鼻がつんと痛い。

「なに言ってんだよ、これからだって一緒だよ。お婆《ばあ》さんになったたって一緒なんだから」

「ふふ、そうね。姉さん、これからもよろしくね」

「こちらこそだよ、桃」

にぎやかな足音がして、時計屋の内儀と青物問屋の女隠居があらわれた。

「おめでとうございます。まあまあ桃さん、なんておきれいなんでしょう」

「ほんにきれいだよ」

女隠居は桃の白い手をさする。

「よく決心したね、おまえさんなら大丈夫さ。おめでとうよ」

「ご隠居さま……ありがとうございます」

こぼれそうな涙を須万がそっと懐紙《かいし》で押さえる。

「桃、仏間でお父《と》っつぁまがお待ちですよ」

須万が桃の手をとった。

「お父っつぁま、おっ母さま、長い間お世話になりました」

末広《すえひろ》を置き、三つ指ついて両親へ感謝の気持ちを桃は伝える。

「幸せにおなり、桃」

「お父っつぁま」

「無理せず、わたしらはいつでもここにいますからね」

「おっ母さま」

別れの盃《さかずき》を交わし、お仏壇に線香をあげ、手を合わせる。

暮れ六つになり、婿方から出迎えの人々がやってきて、輿入《こしい》れのときとなった。

高張り提灯《ちょうちん》が灯《とも》った店先に桃が立つ。

いまかいまかと待っていた見物人から、どっと歓声があがった。

「よっ、伊勢町小町」

「桃っちゃん！」

「おめでとう」

大向こうよろしく祝いの声が飛び交う。

桃は深々と辞儀をし、輿にのった。大小の提灯の灯《あか》りにともなわれ、花嫁行列は丸藤を離れ、花婿が待つ小松町へとすすんでいく。

春米屋《つきごめや》「武蔵屋」の軒先にも幔幕が張られ、高張り提灯が明々《あかあか》と灯る。

店表に立って花嫁を待つ耕之助は裃《かみしも》姿だ。耕之助は祝儀の米俵が高く積まれているのを見あげた。祝いの木札には「大和屋」と贈り主の名がある。

「お父っつぁん、一人前の商人になるのを見ていておくんなさい」

振る舞い酒に酔っている昔の人足仲間の男たちが、帳《とばり》のおりた道に揺らめき近づいてくる提灯の灯りに声を張った。

「来たぞ来たぞ、花嫁の輿が来たぞお」

元武蔵屋の女房の介添えで、桃は輿からおりた。店の前に立った花嫁に、こちらも往来にあつまっていた見物人から「おおっ」とため息とも歓声ともつかぬ声があがる。

里久は身内の列からすすみ出て、桃の手を握りしめる。

「桃、幸せになるんだよ」

その手を耕之助へ託した。

「耕之助、桃をよろしく頼んだよ」

「おう、任せてくれ」

耕之助は桃の手をとる。

「桃、よく嫁にきてくれたね」

「耕之助さん」

ふたりは微笑《ほほえ》み合う。

〽高砂《たかさご》や　この浦舟に帆をあげて
仲人《なこうど》でもある武蔵屋の元あるじが朗々と謡う祝い唄《うた》と、にぎやかな笑い声が、この夜遅くまで小松町を包んでいた。

桃の花嫁姿の美しさは、その後の語り草となった。

伊勢町小町がいなくなり、界隈《かいわい》の者たちは寂しがったが、すぐに誰かがこう言った。

「ほら、あそこにはもうひとり、飛びきり活《い》きのいい娘がいるじゃないか」

伊勢町に「丸藤」という小間物商の大店《おおだな》がある。

なまこ壁のどっしりとした風格の店構え。軒につるされた額縁仕立ての立派な看板。入口の三枚つづきの長暖簾《ながのれん》には、地紺に丸に藤の屋号が、どん、と白く大きく染め抜かれている。その暖簾を揺らして丸藤に客がやってくる。

「ようこそ丸藤へ」

「いらっしゃいまし」

奉公人の声が店内に響く。

丸藤の跡取り娘は両の手をつき、番頭仕込みの挨拶で客を出迎える。

「丸藤へようおいでくださいました」

その髪には元気に跳ねる金魚の簪が光っていた。

里久は顔をあげ、今日も客に向かって、にっと笑う。


（完）

参考文献

『和の香りを楽しむ「お香」入門』山田松香木店監修　二〇一九年　東京美術
『すぐわかる日本の装身具―「飾り」と「装い」の文化史』露木宏・宮坂敦子著　二〇二〇年　東京美術
『日本の手仕事―百年の技、千年のかたち』陸田幸枝著　一九九六年　小学館

本文デザイン／アルビレオ

本書は、ハルキ文庫のために書き下ろされた作品です。

時代小説文庫
み 12-5

ふたりの道《みち》 小間《こ ま》もの丸藤看板姉妹《まるふじかんばんしまい》㊄

著者 宮本紀子《みやもとのりこ》
2022年 8月18日第一刷発行

発行者 角川春樹

発行所 株式会社 角川春樹事務所
〒102-0074 東京都千代田区九段南2-1-30 イタリア文化会館

電話 03(3263)5247［編集］ 03(3263)5881［営業］

印刷・製本 中央精版印刷株式会社

フォーマット・デザイン＆シンボルマーク 芦澤泰偉

ISBN978-4-7584-4509-2 C0193

http://www.kadokawaharuki.co.jp/［営業］
fanmail@kadokawaharuki.co.jp［編集］ ご意見・ご感想をお寄せください。